星新一 YAセレクション

★★★★★★★★★★★★★★

殺し屋ですのよ

和田誠 絵

理論社

星新一

★★★★

YAセレクション

殺し屋ですのよ

目次

装幀・装画・さし絵　和田誠

すばらしい天体

「隊長。前方に、星のようなものが見えました」

操縦室《そうじゅうしつ》からの報告で、宇宙船《うちゅうせん》内の十数人の隊員たちはどよめいた。みなは、いままで宇宙旅行中になぞの失踪《しっそう》をとげた、多くの宇宙船の原因を調査する任務をおび、地球を出発してきたのだった。

「なに、星だと。手がかりがつかめそうなのか」

「おれは久しぶりで、地面をふみたい」

と隊員たちは口々に叫《さけ》んだが、さすがに隊長は慎重《しんちょう》で、図面を調べながら首をかしげ、やがてゆっくりと言った。

「おかしい。このへんに惑星《わくせい》があるとは、いままでの観測記録になかったようだ。いったい、どんな星だ。もっとくわしく観察してくれ」

しばらくして、ふたたび報告がもたらされた。

「たしかに星です。しかし、大きさはずいぶん小さいようです。そのため、これまでの観測からもれていたのでしょう」

「そういうことも、あるかもしれぬ。接近して、調べてみよう。観察は、ずっとつづけてくれ。そして、なにかわかったら、すぐ知らせろ」

宇宙船《うちゅうせん》は進路を少し変え、その星に近づきはじめた。

「隊長。驚《おどろ》きました。どうやら、あの星には、空気も水もあるようです。もしかすると、植物もあるかもしれません」

「そうか。小さな惑星なら、現在まで発見されなかったこともあるだろうが、その発見もれの星に、そんな状態のがあるとはな。よし、もっと接近してみろ。いままで失踪《しっそう》した宇宙船のなかで、そこに不時着しているのがあるかもしれぬ」

その未知の惑星はさらに近づき、操縦室《そうじゅうしつ》で望遠鏡をのぞいていたひとりは大声をあげた。

「なんということだ。森があり、川があり、それに湖もある。草原には、花が咲《さ》いているようです」

「どうだ。不時着らしい物は見えないか」

「森のなかのところどころに銀色に光るものがありますが、はたして、それがそうかは、よくわかりません。隊長。気持ちのよさそうな星です。早く着陸してみましょう」

しかし、隊長はあくまで慎重《しんちょう》だった。

「では着陸しよう。どんな住民がいて、どんな攻撃《こうげき》をしかけてくるかわからん。武器を、いつでも使用できる態勢にしておけ」

「しかし、あの星に、恐《おそ》るべき住民がいそうにも思えませんが」

「われわれは万一のことを考え、あくまで万全《ばんぜん》を期して行動するのだ。いいか」

隊員たちはその命令に従《したが》い、緊張《きんちょう》のうちに部署《ぶしょ》についた。だが、高度が下がるにつれてその緊張はゆるみ、着陸すると、もはや緊張しようにもできなかった。

「すばらしい星だ」

「宇宙《うちゅう》のオアシスとしか、呼《よ》びようがない」

「さあ、隊長。早く出ましょう」

「待て、油断するな。いい気になって飛び出すのはいいが、外にどんなものが持ちかまえているか、わからぬではないか。大気、放射能《ほうしゃのう》、バクテリア、そのほか有害成分を、それぞれ検査してからだ」

隊員たちは作業にうつり、つぎつぎと報告をした。

「放射能、病原菌《びょうげんきん》はありません」

「望遠鏡で観察した範囲《はんい》に、住民らしいものを、みとめません」

「大気は呼吸《こきゅう》可能で、有害成分をみとめません。ただし、少し酸性をおびているので、船体の金属をおかすおそれがありますが、二百時間ぐらいなら大丈夫《だいじょうぶ》でしょう」

隊長はいちいちうなずき、指示を下した。

「そうか。五十時間もあれば、大体の調査はすむだろう。さあ、出よう。だが、軽々しいことはできぬ。ひとりは船内に残れ、ほかの者もすべて武器を持ち、防弾服《ぼうだんふく》を着ろ。また、いつ大気が変るかも知れぬから、宇宙ヘルメットも忘《わす》れるな。そうだ、住民がかくれていて、わなや落し穴《あな》がしかけてないとも限らぬ。小型無人車を、先に進めろ」

考えられるどんな事態にも応じられるだけの、準備がととのえられた。

「隊長。そんな心配は、なさそうですね。こんなすばらしいところは、地球にだってありませんよ。なにかが起るとは、思えませんね」

「調べ終るまでは、そうは言えぬ。さあ、さっき光った物が見えた森にむかって、進もう」

一同は美しい花の咲《さ》いている草原を横ぎり、森に近づいた。森の木は、どれも重そうに実をつけていた。隊員のひとりは、思わずそれをもぎとり、口に入れようとした。

「まて、なんという無茶なことをするやつだ。毒でも含《ふく》んでいたら、どうする。おい、検査係。調べてみろ」

検査の結果、有毒な成分は含まれていなかった。

「うまい、まったく、うまいですね。地球でも、こんなくだものは、食ったことがない」

「それに、宇宙食《うちゅうしょく》で、いいかげんうんざりしていたところだ。思いがけぬ、ごちそうだ」

みなはそれを食べながら、森のなかに進んだ。軽い歌声が、だれからともなく出た。

「いい星ですね、隊長。すごい発見ではありませんか」

「ああ、ここにたちの悪い住民がいなければだ」

先頭を進んだ隊長は、ふいに叫《さけ》んだ。

「止まれ、船体の残骸《ざんがい》だ」

上空からみとめた森のなかの光るものは、やはり宇宙船の残骸だったのだ。

「ぼろぼろですね。酸のために、おかされたのだな。だが、この乗員たちは、どうしたのだろう」

一同はそれを見つめながら、しばらく立ちつづけた。

その時、突然《とつぜん》、みなのうしろで、なにかの声がした。隊員たちは武器をかまえて、一斉《いっせい》にふりむき、呼《よ》びかけた。

「なんだ。だれだ。出てこい」

13　すばらしい天体

それに応じて、森のなかから、ぞろぞろと人があらわれてきた。隊員は、ふしぎな表情になって聞く。

「なんだ。地球人ではないか。どうしてここに」

「その宇宙船《うちゅうせん》で来たのだ」

隊長は急いでポケットから書類を出し、失踪《しっそう》した者たちの写真と照合した。

「なるほど、たしかだ。では、ここに不時着し、助けを待っていたのだな。だが、もう心配はいらんぞ」

「そうではありません。われわれはこの星を見つけて、着陸したのです。大気に金属をおかす酸が含《ふく》まれていることも、わかりました。しかし、あえてこの星に、とどまったのです。ごらんの通りの、すばらしい星ですから」

「そんなことをされては困《こま》る。いったんもどって、その上でまた、やって来ることにすればよかったではないか」

「そうはいきません。報告をすれば、われわれは二度と来られません。おえらがたの、専用《せんよう》の保養地とされてしまうでしょう。そうなるくらいなら、地球へもどることをあきらめてでも、ここにとどまったほうがいいのです。われわれのほかにも、そう考えた宇宙船が、ここには何台も着陸しましたよ」

隊長はうなずきながら聞いていたが、首をふった。

「その気持ちは、わかる。だが、地球では失踪宇宙船について、大変な心配をしているのだ。われわれも、その調査の任務をおびてやってきたのだ。やはりこの報告は、しなければならない」

といって、隊長もすぐに引きあげる気分にはなれなかった。

「隊長。どうしましょう。船へもどり、出発するのですか」

この隊員の一人の質問に、隊長はこう答えた。

「そうだ。原因が判明したからには、ただちに地球へ報告にもどる義務がある。しかし、この新発見の星の調査も、しなければならぬ。わたしはしばらくここに残って、調査をし、くわしい報告書を作ろうと思う」

「隊長、わたしもお手伝いします」

「わたしも残ります」

どの隊員も、同じ思いだった。

「いや、だれかは、地球へ報告に帰らねばならぬ。ぐずぐずしていると、船体が酸におかされてしまう」

そして、隊長はくじを作った。

「だれもが、この星に残りたいだろう。わたしも名ざしで命令するのが、心苦しい。このくじに当った者が二人、宇宙船《うちゅうせん》を操縦《そうじゅう》して、地球へ報告にもどるのだ」

くじがひかれ、それにあたった二人の隊員が、残念そうなようすで船にむかった。そして、まもなく噴射《ふんしゃ》をはじめ、空のなかに溶《と》け込《こ》んでいった。

「とうとう行ってしまった。地球の連中は、この夢のような星の発見のニュースで、さぞわきたつだろうな」

「おれは、彼《かれ》らが地球に帰りつかなければいいと思うがな」

みなは思い思いのことをつぶやき、花のかおりをふくんだ空気を吸《す》い、やわらかい草の上に横になって空を見あげた。その時、ひとりが叫《さけ》んだ。

「あっ。みろ、船がもどってきたらしいぞ」

しかし、空にあらわれたものは、そうではなかった。それはあきらかに、地球のものでない宇宙船だったのだ。みなが息をのんで見あげるその宇宙船のなかでは、ある惑星《わくせい》の生物がこのような会話をかわしていた。

「どうだ。ずいぶん集ったようだ。これくらいでいいだろう」

「ああ。本当はもっと集めたいが、急がせられてもいる。これくらいで、いいとしよう。では、作業にとりかかるか」

「これで自然動物園の衛星が、またひとつ、ふえることになる。子供《こども》たちもさぞ喜ぶことだろう。おい、あの動物たちも、けっこう楽しんでいるようじゃないか」

宇宙船のなかの生物たちは、うれしそうなようすで、この小さな星にくさりのついた大きな銛《もり》をうちこみ、自分たちの星へと運びよせる作業にとりかかった。

ツキ計画

「さあ、おはいりになって下さい」

と所長にうながされ、私《わたし》は期待にみちてドアをあけ、思わず目をみはった。

ドアのなかの暖《あたた》かい部屋の厚いじゅうたんの上に、金色の首輪をつけた、すばらしい美人がうずくまっていたのだ。その美人は、ものうげに顔をあげて私を見つめ、私は彼《かの》女《じょ》を抱《だ》きしめたいような気分になった。

広い宇《う》宙《ちゅう》では、どのような状態が人間を待ちかまえているかわからない。だから、人類が宇宙に進出してゆくためには、あらゆる方法を試みて人間の能力を高める研究がされなければならないのだ。

私は、その研究の一環《いっかん》をなすツキ計画の取材を許されて、この研究所を訪《おとず》れたのだ。

「近よって観察してもいいでしょうか」

私はうずくまっている美人を指さし、つとめて記者らしい口調で聞いた。

「どうぞ、ご自由に……」

所長はしかつめらしい口調でうなずいた。私は美人のそばにしゃがみこんだ。すると彼女は、柔《やわら》かく悩《なや》ましげにからだをすりよせてきた。これは夢ではないのだろうか。そのくねくねした感触《かんしょく》にたまらなくなった私は、所長の存在《そんざい》を忘《わす》れて、力をこめて美人を抱きしめた。すると、反射的《はんしゃてき》に彼女は声をあげた。

「ニャア……」

それと同時に、私はツメで顔をひっかかれた。

「気をつけて下さい……」

と所長は落ち着いた声で私に注意し、

「さあ、おとなしくするんだよ」

とその美人の頭をなでた。彼女《かのじょ》はふたたび、おとなしく床《ゆか》にうずくまった。

「いまわたしがひっかかれたのは、いったい、どういうわけなんです」

「この女性には、ネコツキになってもらっているのです」

「ネコツキですって」

「ええ、まだくわしく説明しませんでしたが、この研究所では、キツネツキからヒントを得た理論《りろん》の実験をしているのです。いろいろな動物を人間につけ、それによって人間の能力を高めようというわけです。最近では、人間につけられる動物の種類が、しだいにふえてきましたよ」

「ははあ、それで、あの女性がニャアと叫《さけ》んでひっかいたのですね。で、ネコツキには、なにか利用面があるのですか」

「もちろんです。高い所から飛び下りる時は、ネコツキにしておくに限ります。宇宙船《うちゅうせん》の不時着の時の衝撃《しょうげき》には、ネコツキでないものにくらべて、数倍も耐《た》える力が強いわけです」

「なるほど……」

しかし、私《わたし》はまだ、さっき美人がすりよってきた時の感触《かんしょく》を忘《わす》れられなかった。

「……宇宙《うちゅう》旅行ばかりでなく、家庭生活にも応用ができそうですね」

「いずれはそうなるでしょう。しかし、その時には、ツメにかぶせる物がずいぶん売れるでしょうな」

私たちは次の部屋にうつった。一人の男がよつんばいになって近よってきたので、私は所長に聞いてみた。

「これは、おとなしい動物がついているようですね」

「ええ、なにがついていると思います」

「さあ……」

私はメモを手に近よった。その時、男は私のメモを口にくわえ、かみはじめた。

「ははあ、わかりました。ヒツジツキですな」

「そうです。ブタツキを作りたいのですが、これはどういうわけか、まだ成功していません。そこで、その前の段階《だんかい》として、ヒツジツキの実験をしているわけです」

「そのブタツキが成功すれば、どんな利点があるのですか」

「ほかの星に行って食料が欠乏《けつぼう》した時、ブタツキにすれば、どんな物でも、かまわず食べてくれます」

まったく、宇宙に進出するには苦労が多い。私は宇宙基地でブタツキにされ、野菜のくずや残飯《ざんぱん》を食わされる自分を想像して、胸《むね》が悪くなった。

「ほかには、どんなのがあるのでしょうか」

と、さいそくする私を、所長は次の部屋に案内した。そこでは、ドアに何本かの太い鉄棒《てつぼう》がはめられてあった。

「あまり近よらないで下さい」

格子《こうし》の間からのぞこうとする私に所長は注意したが、なかにいる太った男は、割合《わりあい》にやさしい目つきをしていた。

「おとなしそうではありませんか」

「ええ、いつもはおとなしいんですが、このあいだ、ひとりが踏《ふ》みつぶされて大けがをしたので、それ以来、注意しているのです」

「なにがついているのです」

「基地建設のためには、力仕事をしなければなりません。その時には、この男のようにゾウツキにするのです」

その次に訪《おとず》れた天井《てんじょう》の高い部屋のなかでは、子供《こども》がさかんに飛びはねていた。

「ずいぶん高く飛べますね」

「これはウサギツキです」

「高く飛ばせるには、カエルツキにしたほうがいいのではありませんか」

「いまの段階《だんかい》では、カエルのような下等生物はまだ駄目《だめ》なのです」

「では、ヘビツキも無理なわけですね」

私《わたし》は人間がまだヘビツキにされないと知って、少しほっとした。

「しかし、だいたい宇宙《うちゅう》では、ホニュウ類だけでまにあうでしょう。それに、むりにハチュウ類ツキにする研究より、がけをのぼる時にはリスツキとサルツキとどっちがいいかなど、その前に検討《けんとう》しなければならない問題が、たくさん残っているのです」

「最も新しい研究には、どんなものがありますか。それを拝見《はいけん》したいものですね」

「では、どうぞこちらへ……」

私は次の部屋に案内された。

「これは、ナマケモノという動物をつけたのです。なかなかむずかしかったのですが、やっと成功しました」

そのナマケモノツキは、部屋のすみでじっとしていた。

「ああじっとしていては、役に立たないでしょうに」

「とんでもありません。長い宇宙旅行でいらいらし、けんかしたりするのを防ぐには、これに限ります。薬を使っていらいらを押《おさ》えるのは、どうも副作用があとに残って問題ですが、これなら大丈夫《だいじょうぶ》です。このナマケモノツキのおかげで、はじめて人間の長距離《ちょうきょり》宇宙旅行の可能性が確立されたのです」

所内を一巡《いちじゅん》し、所長室に戻《もど》った。

「いろいろと面白い研究を見せていただいて、ありがとうございました。ところで、どうでしょう。ひとつ、実際につけるところを見せてくれませんか」

「よろしい。なにをつけてごらんにいれましょう」

「では、いちばんシンプルな、キツネツキになるところが見たいものですな」

所長はこれを聞いて、謹厳《きんげん》な顔をちょっと苦笑させながら答えた。

「ごもっともです。キツネツキは宇宙《うちゅう》旅行のためにはなんの役にも立ちませんが、これらの理論《りろん》の基礎《きそ》になったものですからね。しかし、最初のうち、キツネツキの実験の時には、いろいろな失敗もありましたよ」

「危険《きけん》なことでも……」

「いや、ちっとも危険ではありません。では、あいにく適当な人がおりませんので、わたしがキツネツキになってごらんにいれましょう」

「それは恐縮《きょうしゅく》です。だが、もとに戻らなくなることはありませんか」

「大丈夫《だいじょうぶ》です。タイムスイッチで、五分間たつともとに戻るようにしておきますから……」

所長は金属の首輪を自分の首に巻《ま》きながら、私《わたし》に言った。

「その机《つくえ》の上の装置《そうち》のボタンを押《お》して下さい。そうすると、電波が首輪に送られ、わたしはすぐにキツネツキになります」

私は机の上にある装置のボタンを押してみた。すると、かすかなうなりがおこり、同時に所長はたちまちキツネツキになって叫《さけ》びはじめた。

「コンコン……」

いままでむずかしい顔つきで、もっともらしい説明をしてきた所長が、急に口をとがらせて高いなき声を出し、妙《みょう》な手つきをはじめたのだ。まったく腹《はら》がよじれるようなおかしさだった。

私は大声をあげて笑いころげ、せき込《こ》まんばかりだった。そのため、のどがかわいてきた。だが、部屋を見まわしてみても、水道の蛇口《じゃぐち》は見当らなかった。

しかし、その時、テーブルの下からでも出したのだろうか、所長がいつのまに用意したのか、なにかを持っていた。よく見ると、ジョッキにつがれたビールだった。

なかなかサービスがいいな。私《わたし》は所長から妙《みょう》な手つきですすめられるままに、ジョッキを手にし、なんだかおかしなにおいがしたようだが、その黄色くあわ立つなまぬるい液体《えきたい》を、思いきり飲んだ。

殺し屋ですのよ

ある別荘地《べっそうち》の朝。林のなかの小道を、エヌ氏はひとりで散歩していた。彼《かれ》は大きな会社の経営者だが、週末はいつも、この地でくつろぐことにしているのだ。すがすがしい空気、静かななかでの小鳥たちの声……。

その時、木かげから若《わか》い女が現われた。明るい服装《ふくそう》に明るい化粧《けしょう》。そして、にこやかに声をかけてきた。

「こんにちは」

エヌ氏は足をとめ、とまどって聞いた。

「どなたでしたかな。失礼ですが、思い出せません」

「むりもありませんわ。はじめてお会いするのですから。じつは、ちょっとお願いが……」

「しかし、あなたは、どなたなのですか」

「それを申しあげると、お驚《おどろ》きになるでしょうけど……」

「いや、めったなことでは、驚きませんよ」

「殺し屋ですのよ」

女は簡潔《かんけつ》に答えた。しかし、見たところ、虫も殺せそうにない。エヌ氏は笑いながら、

「まさか……」

「冗談《じょうだん》でしたら、なにもわざわざ、こんな場所でお待ちしませんわ」

女は、まじめな口調と表情だった。それに気がつくと、エヌ氏は不意にさむけのようなものを感じ、青ざめながら口走った。

「さては、あいつのしわざだな。だが、こんな卑劣《ひれつ》な手段《しゅだん》に訴《うった》えるとは、思わなかった。ま、まってくれ。たのむ。殺さないでくれ」

哀願《あいがん》をくりかえすと、女はこう言った。

31　殺し屋ですのよ

「誤解《ごかい》なさらないで、いただきたいわ。殺しに来たのでは、ございませんのよ」

「はて、どういうことだ。殺し屋がわたしを待ち伏《ぶ》せていた。しかし、殺すのが目的ではないと言う。殺し屋なら、殺すのが商売のはずだ」

「そう早合点《はやがてん》なさっては、困《こま》りますわ。注文をいただきにうかがう場合だって、ありますのよ。いまはそれですの。どうかしら、ご用命いただけないかしら」

事態がいくらかのみこめて、エヌ氏はほっとした。

「そうだったのか。すっかり驚《おどろ》いてしまった。しかし、いまのところ、用はない」

「おかくしになることは、ありませんわ。さっき、さてはあいつか、とおっしゃいました。あいつとは、G産業の社長のことでございましょう」

「ああ、G産業にとって、わが社は最大の商売がたきだ。競争に勝つには、非常手段《しゅだん》をとりたくもなるだろう、と考えたわけだ。ということは、わが社にとっても、G産業は最大の商売がたき。ここでの話だが、正直なところ、わたしとしても、彼《かれ》が死んでくればいい、と思わないでもない」

女は目を輝《かがや》かせて、身を乗り出した。

「そのお仕事を、やってあげましょうか」

「それは耳よりな話だが……」

「お引き受けしたからには、手ぬかりひとつなく、完全にやりとげてごらんに入れますわ」

エヌ氏は、女を眺《なが》めなおした。だが、そんな仕事がやれそうには見えない。また、冷《れい》酷《こく》な子分を配下にそろえていそうにも見えない。彼はしばらく考えてから言った。

「せっかくだが、お断わりしよう。あなたを全面的に信用しようにも、それだけの根拠《こんきょ》がないではないか。万一、やりそこなってつかまり、わたしが依頼《いらい》したということが表ざたになったら、わたしまでが破滅《はめつ》だ。そんな危険《きけん》をおかしてまで、彼を殺す気はない」

「ごもっともですわ。だけど、小説やテレビだけの知識で、殺し屋を想像なさらないように。銃《じゅう》や毒薬を使ったり、自動車事故をよそおうといった、ありふれた発覚しやすい方法を使うのでは、ありませんもの」

「というと、どんな殺し方をするのだ」

「決して不審《ふしん》をいだかれない死、病死をさせるのですから」

エヌ氏は顔をしかめ、にが笑いをした。

「冗談《じょうだん》じゃない。そんな方法など、ありえない。第一どうやって病気にさせるのだ」

「呪《のろ》い殺す、とでもしておきましょうか」

「ますますひどい。失礼だが、正気なのですか。病院でみてもらったらいかがです」

からかうようなエヌ氏の視線《しせん》を感じないかのように、女は話を進めた。

「呪い殺すという言葉が古いのでしたら、こう言いかえてもけっこうですわ。巧妙《こうみょう》な手《しゅ》段《だん》で、相手の周囲のストレスを高め、心臓《しんぞう》を衰弱《すいじゃく》させて死に至《いた》らしめる。現代の医学の定説によりますと、ストレスとは……」

「こんどは、急にむずかしい話になった。要するに、彼を自然死させるというのだな。しかし、まだどうも信用しかねる。そううまくいくとは……」

エヌ氏は腕《うで》を組み、首をかしげた。女はその内心を察してか、

「うまい話を持ちかけ、お金だけ受取って、そのまま。こんな点を、ご心配なのでしょうね。だけど、ご安心いただきたいわ。すんでからの成功報酬《ほうしゅう》で、けっこうですの。手付金など、いりませんわ」

「しかし……」

「期限もお約束いたしますわ。三カ月以内と申しあげたいところなんですけど、余裕《よゆう》をとって六カ月待っていただけば、確実にやりとげてさしあげます」

「いやに自信があるのだな。しかし、こんな時にはどうするのです。成功はした、それなのに、わたしが報酬を払《はら》わない。困《こま》るでしょう」

「きっと、お支払《しはら》い下さいますわ。あたしの手腕《しゅわん》を、ごらんになれば」

「そういうものかな。それなら、まあ、やってみてくれ。成功すれば、お礼は払う。成功しなくても、もともとだ。たとえ、やりそこなって発覚しても、わたしが巻《ま》きぞえになるような証拠《しょうこ》も、残らないようだ」

エヌ氏は慎重《しんちょう》に考えながら、ついにうなずいた。

「では、楽しみにお待ちになって下さい」

女は急ぎ足で帰っていった。それを見送りながら、エヌ氏は半信半疑《はんしんはんぎ》でつぶやいた。

「妙《みょう》な人間もいるものだな。本当にそんなことが出来るのだろうか。手付金なしだから、べつに損もしなかったが」

しかし、そんなことも忘《わす》れ、四カ月ばかりたった時、エヌ氏は、ニュースに接した。問題のG産業の社長が、病院での手当てのかいもなく、心臓疾患《しんぞうしっかん》で死んだのだ。そして、警察《けいさつ》が不審《ふしん》を持って調べはじめたという動きもなく、無事に葬儀《そうぎ》も終った。

その数日後、エヌ氏が別荘《べっそう》での朝の散歩をしていると、林の道でまた、いつかの女が待っていた。こんどは、エヌ氏のほうが、先に声をかけた。

「こんなにすばらしい手腕《しゅわん》とは、思わなかった。おかげで、わが社もG産業を圧倒《あっとう》できそうだ。しかし、まだ信じられないほどだ」

「お約束した通りでしょう。では、報酬《ほうしゅう》をお願いしますわ」

もし払《はら》いたくないと断わったら、こっちが対象にされるかもしれない。

「わかっている。払うよ」

「ありがとうございます」

女は金を受取り、エヌ氏と別れた。そして町へ。彼女《かのじょ》は、あとをつけられないようにとだけ注意した。素性《すじょう》がわかっては、困るのだ。

家へ帰り、服装《ふくそう》も髪型《かみがた》も化粧《けしょう》も、ずっと地味なものに変える。それから出勤《しゅっきん》し、仕事のための白衣に着かえれば、立派《りっぱ》な看護婦《かんごふ》だ。事実、医師たちの信用も厚い。だから、彼女のたいていの質問に、医師は答えてくれる。

「先生、いま帰られたかたですけど、病状はどうなんですの」

「良くない。正直なところ五カ月かな。長くても八カ月はもたないだろう。しかし、こんなことは、決して本人や家族の者に言うなよ。ショックを与《あた》えることになる」

「もちろん、わかっておりますわ……」

彼女だって、本人や家族に告げるつもりはない。もっとも、カルテで住所を調べ、職業を調べ、その人にうらみを持っている人や、商売がたきには……。

暑さ

夏の日の午後。むし暑さを含《ふく》んだ空気は、少しの風さえも起こそうとせず、じっと立ちどまったままだった。物かげの犬は、だらしなく寝《ね》ころんだまま動こうともせず、街角にある大きなキリの木も、一枚《まい》の葉さえゆらさなかった。

そして、その木の下にある交番のなかでも、巡査《じゅんさ》が小さな机《つくえ》にむかったまま、なにか書類に目をやっていたが、この暑さはその内容を彼《かれ》の頭には入れさせはしない。

どこからともなく、おとなしそうな若《わか》い男が現われ、交番の前に立った。暑い空気がうみ出したようにも見えた。その男は交番のなかにむかって、声をかけた。

「あのう、わたしをつかまえていただくわけには、いかないものでしょうか」

巡査は、ゆっくりとふりむいた。

「え、なんですって。まあ、その椅子《いす》にかけて話したまえ」

と、そばの古ぼけた椅子を指さした。

「はあ、わたしの話を聞いていただけましょうか。そして、わたしをつかまえてはいただけませんか」

「ははあ、自首ですか。お話によっては、本署《ほんしょ》に来ていただくことにもなるでしょう。ところで、なにをなさったのです」

と、巡査は少し身構《みがま》えるような姿勢《しせい》になった。

「いえ、まだ、なにもしておりません」

「では、だれかをおどすようにたのまれたとか、傷《きず》つけるようひとにたのんだとでも」

「いえ、わたしの言いたいのは、そんなことではありません。いまにも、自分がなにかをしそうなのです」

巡査は汗《あせ》をふき、首をかしげ、それから目と口もとに独特な笑いを浮《うか》べた。

「ああ、そうですか。こう暑くては無理もありません。自分が、なにかとんでもないことをはじめそうに感じるのでしょう。時どき、そんな訴《うった》えがありますが、その心配はありませんよ。帰って昼寝《ひるね》でもなさればなおりましょう。それに、われわれとしては事件が起らないうちは、どうしようもないのです。いかに、殺してやる、と叫《さけ》んでいる者があっても、その動きがないうちは逮捕《たいほ》しようがありません」

若《わか》い男は、汗《あせ》をふこうともせず、こうぽつりと言った。

「ちょうど一年前の、こんな暑い日。わたしは殺したんです……」

巡査《じゅんさ》はこれを聞いて緊張《きんちょう》した。

「え。なぜ、それを早く言わない。だれを殺したんだ」

「サルです。わたしの飼っていたサルを」

と、男が答え、巡査は緊張をといた。

「きみ、自分の飼っていたサルを殺したって、べつに自首するには及《およ》ばないんだよ。しかも、一年前の話を、なんで今ごろ持ちこむんだね。そういう訴えなら、この先の右側

41 暑さ

に神経科《しんけいか》の病院があるから、そっちへいってもらいたいね」

「わたしの頭がおかしい、とお考えなのでしょうね。だが、いままでに何回か診察《しんさつ》してもらいました。そして、少しもおかしい所はないと言われているのです」

「なにも事件を起さず、頭もおかしくない。そんな人を逮捕《たいほ》することは、できないのですよ。なにも憲法《けんぽう》や法律《ほうりつ》を持ちださなくても、常識でわかることでしょう」

「それは知っています。だけど、わたしの話をひと通り聞いていただけましょうか」

「いまは忙《いそが》しいわけでもないから、話して気が晴れるなら、そこで話してもいい。しかし、話は簡単《かんたん》にして、二度と来ないでほしいものだね」

「ありがとうございます。わたしは子供《こども》のころから暑いのがいやなんです。暑いと頭がぼんやりして、それでいて、とてもいらいらしてくるのです」

「だれでもそうだろう。暑さで頭がさえてくる者など、聞いたことがない」

「わたしの場合は、特にそれがひどいようです。なにかをしなければならない、という衝動《しょうどう》が強くなり、それを無理に押《おさ》えようとすると、頭が狂《くる》いそうになるのです」

「だれでもそうだろう。そこで、スポーツや読書など、自分に適当なものに、はけ口を見つけるわけだよ」

「わたしも、そのはけ口を持っています。そのはけ口があるから、頭が狂わないですんでいるのです」

「それなら、いいじゃないか。なにも、交番にまで来て大さわぎしなくても。さあ……」

と、巡査《じゅんさ》は手を振《ふ》ったが、男は、

「もう少しですから。まあ、聞くだけ……」

と、すがるように言って、話をつづけた。

「……子供のころ、そのはけ口を見つけだした時のことです。高まる暑さにどうしようもなかった時、ふと畳《たたみ》の上をはっているアリをみつけ、つぶしてみたのです。すると、それまでのいらいらがうそのように消えて、その夏はそれからすがすがしい気分ですごせました」

「いい趣味《しゅみ》じゃないか。ひとに迷惑《めいわく》がかかるわけでも……」

巡査《じゅんさ》の語尾《ごび》は、あくびとまざった。

「つぎの年、やはり夏の暑さが高まってきて、いらいらが強くなりました。そこで、前の年のことを思い出し、アリをつぶしてみたのです」

「ふうん」

「だが、だめでした。困《こま》った、どうしたらいいか。じりじりした絶頂《ぜっちょう》で、その解決が偶然《ぐうぜん》に見つかりました。なんだったと思います」

「ふうん」

巡査は目を閉《と》じて、返事にならないあいづちをつづけたが、男はおかまいなしに話をつづけた。

「カナブンをつぶしたのです。その夏は、それからずっと、すがすがしい気分でした。そして、その次の夏。少しこつがわかってきたので、近所の子からカブトムシをもらい、それをつぶすことによって、いらいらを押《おさ》えることができました」

「ふうん」

「こうして、わたしの頭は狂《くる》うことがなく、いまにいたっているのです。おととしの夏は犬を殺しました。そのころになると、すっかりなれてきて、つぎの年の準備をすぐにはじめるようになっていました。秋になると、さっそくサルを飼ったのです。サルも飼ってみると、案外かわいいものですよ」

「ふうん」

と、目をつぶった巡査は椅子《いす》にかけたまま、上半身ぜんたいで、うなずいた。

「とても殺す気にはなるまいと思いました。だが、昨年も暑さが高まるにつれ、いらいらを押えることはできませんでした。わたしは、サルをしめ殺してしまったんです」

男の声は大きくなり、巡査は目を開いて、あわてて汗《あせ》をぬぐった。

「え、サルを殺した話は、さっき聞いたことじゃないか」

「わたしを逮捕《たいほ》して下さい」

「そう無理を言っては困る。さっき言ったように、きみは、なにも事件をおこしていない。それに、昆虫《こんちゅう》採集のようなことにはけ口を見つけて、頭も狂わず、正常だ。そんな人を、逮捕《たいほ》したり、収容《しゅうよう》したりすることはできないよ」

「そうですか。では、仕方ない。帰りましょう。おじゃましました」

「ああ、そうしなさい。ゆっくり昼寝《ひるね》でもするんだね。夜になるとむし暑くなって、寝られないから」

「そうですね」

と、立ちあがった男に、巡査《じゅんさ》はなにげなく聞いた。

「家族はあるんだろう」

「ええ、昨年の秋に結婚《けっこん》して……」

猫《ねこ》と鼠《ねずみ》

また二十五日の夜がやってきた。かわいそうだが、督促《とくそく》の電話をかけるとしよう。この冷酷《れいこく》な世の中に、同情は無用だ。私《わたし》は電話をかけた。呼出音《よびだしおん》がとだえ、相手の声に変った。それにむけて、私はていねいに、また、にくにくしく話しかけた。

「おや、まだご在宅《ざいたく》でしたね。わたしですよ。そう、お待ちしておりますよ。きょうは二十五日。まさかお忘《わす》れではないと思いましたがね。ちょっとご注意までに……」

相手はうんざりするような感じを、声に露骨《ろこつ》にあらわした。

「わかっています。もちろん、忘れてはいませんよ。しかし、ちょっと急用ができましたので、あしたにしていただけませんか。あしたの晩《ばん》には、必ずおうかがいいたしますから」

見えすいたことを言うやつだ。期日を少しずつおくらせて、なんとかうやむやにしようという、はかない計画だな。だれでも一応は考えることだ。そんな手にのるわけにはいかない。私《わたし》は明るく、ねちねちと言ってやった。

「それはそれは。急用とは困《こま》りましたね。いや、おいでになれないのなら、それでけっこうですとも。どうぞご自由に。しかし、お約束を破《やぶ》るのなら、それだけの覚悟《かくご》だけはなさっておいて下さいね。なに、覚悟だけでいいんですから、簡単《かんたん》なことですよ。筋肉《きんにく》ひとつ、動かすわけでもありませんしね……」

胸《むね》のなかの霧《きり》が晴れてゆく思いだ。私の日常ですがすがしいのはこの時ぐらい。相手は、歯がみをするような声を出した。

「わかりましたよ。今夜おうかがいすればいいんでしょう。しかし、ちょっと用事をたしてゆくので、おそくはなりますがね」

「そうですよ。そうおっしゃらなければいけません。金策《きんさく》ですか。大いにがんばって下さいね。ご成功を祈《いの》っていますよ」

相手は音をたてて電話を切った。やつは来るにきまっている。あとは待つばかりだ。

私は部屋のなかでテレビにむけた長椅子《ながいす》に横たわり、時間をつぶした。いくつかの番組が終ったころ、ドアにノックの音がした。

「どうぞ、どうぞ。お入り下さい。お待ちしていましたよ」

ぬっと入ってきた男に椅子をすすめ、私は長椅子で身を起した。

「さあ、おかけなさい。どうです。このごろの景気は」

ねぎらいの感情をこめてこう呼《よ》びかけたが、相手はかんだ苦虫をはき出すように答えた。

「景気ですって。そんなものはありませんよ。かせぐはじから、あなたに巻《ま》きあげられては。いや、あなたに巻きあげられるために働いているようなものだ」

「まあまあ。そういやな顔をなさっては、健康上よくないんじゃないでしょうか。しかし、そのぐちを今さら持ち出すこともないでしょう。あなたは殺人をなさった。わたしはたまたま、それを目撃《もくげき》していた。そのため、あなたは金を払《はら》う義務ができ、わたしにはいただく権利ができた。これは、はっきりきまったお約束ではありませんか」

「まったく、きさまに見られたのが、運のつきだった」

「そう物事をひねくれて考えては、いけません。もっと、すなおにおなりなさい。目撃者がわたしだったからいいようなものの、それがわたしでなくて、もっと残酷《ざんこく》な、善良《ぜんりょう》な一市民というものだったら、どうなっています。あなたはつかまり、悪ければ死刑《しけい》、よくって無期。それがこう自由でいられるんですから、あなたはもっと自分の幸運を喜ばなければいけません。せっかくの人生です。不運をなげきつづけて送っても一生ですし、幸運を喜びながらすごしても一生ですよ」

世の中に、ひとに訓戒《くんかい》をたれるぐらい気持ちのいいことはない。

「一生だと。きさまはおれにつきまとって、おれの一生を食いものにする気か……」

「困《こま》りますねえ、そう興奮《こうふん》なさっては。わたしはあなたの一生を保証してあげているのですよ。ちょうど国家が税金をとって、国民の福祉《ふくし》を守っているのと同じです。税金だ

って何年間払《はら》ったから、あとは免除《めんじょ》ということもありません。生きているうちは、払うものです」

「ちくしょうめ。おれからしぼり取った金で、長椅子《ながいす》にすわって、一日中テレビを眺《なが》めて、のうのうと暮《くら》しゃがって」

「そう乱暴《らんぼう》な言葉を使っては、いけません。人間にはそれぞれ、なにか悩《なや》みがあるものですよ」

私《わたし》は椅子にすわりなおし、ゆっくりと首を振《ふ》った。やつは、かっとなって立ち上った。

「あるものか。もうがまんがならぬ」

と叫《さけ》びながら、私にとびかかり、ポケットから出したナワで、私をしばりあげた。私はおとなしくしばられてやった。それでも、口をきくことはできた。

「こんなことをなさっては、いけません。もっとも、あなたからいただく金も、わたしのほうで先に一生を終れば免除なんですから、あなたの一生との差額を少しでも長くなさりたいことは、わかりすぎるほどわかりますね。だが、わたしの寿命《じゅみょう》は、当分なくなりそうもない。殺したくも、なるでしょうね」

「あたりまえだ」

「そのお考えは健全です。だが、実行に移そうとするのは、健全な頭ではできませんね。前にも申しあげましたが、あなたの殺人事件を書いた書類が信託会社《しんたくがいしゃ》にあずけてあって、わたしが殺されたらすぐにそれが開かれることになっています。そうなると、殺人プラス殺人で確実に死刑《しけい》です。いいですか。処刑《しょけい》の日がじわじわと近づいてきて、あばれても叫んでもむだ。その日には、目かくしをされ、首にナワが巻《ま》かれ、そして、ぎゅっとなるんですよ。このことをお忘《わす》れなく」

「しかし、ほかのやつに殺されたらどうなる。それではこっちが迷惑《めいわく》だ」

「いや、わたしを殺したがるのは、あなた一人。だから、ひとに頼《たの》んでも同じことですよ。ほかの連中は、わたしの長寿《ちょうじゅ》を祈《いの》る人ばかりだ。人徳《じんとく》のしからしむるところですね。さあ、早くこのナワを解いたらどうです」

まったく、このように万全な準備がしてあるからこそ、落ちついていられるというものだ。だが、相手はナワをほどきそうになかった。

「そうはいかん。人間は追いつめられれば、なんとか方法を考えつく。さいわい、おれにも健全な頭がついていた。そこで、きさまを完全な記憶喪失症《きおくそうしつしょう》にすることを思いついた。どうだ、すばらしい考えだろう」

「ちっともすばらしくはありませんねえ。それに、それは無理ですよ。わたしだって、あなたのやりそうなことは、とっくに、すべて検討《けんとう》してあるんですから」

それでも、相手はひるまなかった。

「しかし、人間は完全に盲点《もうてん》を持たぬというわけにはいきませんよ。猫《ねこ》だって、追いつめた鼠《ねずみ》にかまれますからね」

と少し言葉づかいがあらたまった。だれでも不意に言葉づかいがやさしくなると、なにかしでかす。少し薄気味《うすきみ》がわるくなった。

「おい、なにを考えついたんだ。死刑《しけい》になるつもりなのか。こっちの頭でもたたいてみようというのか、薬でも飲ませるつもりなのか。しかし、そんなことでは簡単《かんたん》に記憶はなくならないぞ。たとえ一時的になくなっても、いずれは戻《もど》る可能性がある。さあ、早くナワをほどき、金をおいて帰れよ。人間は地道に働くのが一番だよ」

どうも相手のようすが、少しおかしい。きょうの楽しみはこれぐらいにして、いいかげんで帰してやろう。あまり追いつめて、逆上《ぎゃくじょう》されても困《こま》る。だが、相手は逆上するけはいもなく、ドアに歩みよってそれに手をかけた。私《わたし》は言う。

「おい、帰るのはいいが、金をおくのとナワをほどくのを忘《わす》れては困るな。さよならのあいさつは、どうでもいいが」

「いや、ドアの外に面白いものをおいてありますから、それをお見せしようと思いましてね」

「なんだ。まあ、早く見せて、早くナワをほどけ」

相手はドアから出て、ふたたび戻ってきた。そして、まったく、とんでもないものを持ちこんできた。私はそれを見てきもをつぶした。

「なにものだ、そいつは……」

どこからさがしてきたのか知らないが、それは私《わたし》にそっくりな、からだつきと顔つきを持った男だった。

「どうです。これが、記憶《きおく》を喪失《そうしつ》したあなたです」

「そうとも」

と私にそっくりな、その男が答えた。なんとも妙《みょう》な気分だ。

「いったい、そいつはだれなんだ」

「このあいだ、あるところで、偶然《ぐうぜん》こいつを見つけたのです。その時、こいつはいけると、インスピレーションがわきました。話を持ちかけてみると、幸運にもまとまりましてね。もっとも、この男には、それ相当のことをしたうえ、あなたがこれまで私からしぼってためこんだ金も、相続税いらずにうけつげるようにきめましたがね。捨《す》てる神あれば、助ける神ありだ。さあ、これでわかったでしょう」

ナイフが開かれ、私につきつけられた。いや、人間は必死になると、驚《おどろ》くべきことを考えつくものだ。早く気がつけばよかったが、残念ながら、私もそこまでは考えなかった。上には上がある。あっぱれなやつだ。

「これはやられた。こんな手があるとは思いもよらなかった。こうなったからには、わたしも男だ。じたばたはしない。さあ、ひと思いにやってくれ。どうせ、いつかはむくいを受けると思っていたよ」

「そうとも、おれから、さんざんしぼったんだからな。むくいを受けてもらわねば困《こま》る。悪く思うな」

相手は少し、かんちがいをしているようだ。まあ、いい。あしたになればすべてわかる。といっても、金がほとんどためこんでない程度のことではない。

あの、これから私になろうというやつも、あしたになったら、さぞ驚くだろう。なにしろ毎月二十六日になると、私の昔やった殺人をたねに、いまだにゆすりにくる人物が現われるんだから。

生活維持省《せいかついじしょう》

「課長、おはようございます。このところよい天気がつづいて、気持ちがいいですね。もっとも、午後になると、少しは暑くなるかもしれませんが」

あけはなたれた窓《まど》から流れこんでくる、若葉《わかば》のにおいを含《ふく》んだ風を受けながら、私《わたし》は上役の机《つくえ》の前に立った。

「ああ、おはよう。きょうの仕事はこれだけだ」

と課長は無表情な目で、遠くの青空で育ちはじめている入道雲を見つめたまま言った。そして、机の上にある何枚《なんまい》かのカードを、片手《かたて》で私の方に押《お》しやった。

課長のこういうぶっきらぼうな態度は、なにもいまにはじまったことではない。私は気にすることもなく、そのカードを重ね、ポケットにおさめて席にもどり、となりの同《どう》僚《りょう》に声をかけた。

「さあ、仕事にでかけよう。午前中はきみが運転してくれないか。午後は交代してぼくがやるから」

私たちが車に乗った時、同僚はハンドルの上に手をのせたまま聞いた。

「ところで、きょうの道順は、どういうことになるんだい」

私はポケットから、さっきのカードの束を取り出そうとしたが、考えなおして、こんな提案をした。

「そうだな。なあ、どうだろう。こんなに天気もいいんだし、道順なんて能率的なことを言わないで、ドライブをかねてゆっくり回ろうじゃないか。カードを引き出して、出た順番にさ」

「それもいいだろう。われわれは、きめられた仕事をその日のうちに終えればいい、役所づとめなんだから」

彼《かれ》がうなずいたので、私《わたし》は片手《かたて》をポケットに入れて、カードを一枚《まい》だけ引っぱりだした。

「うん。まず国道をまっすぐに行くんだ」

同僚《どうりょう》は車のエンジンを入れ、私たちは樹木《じゅもく》にかこまれた赤レンガの建物、つまりわれわれの勤《つと》め先の生活維持省《いじしょう》をあとにした。

「早く内勤《ないきん》に移りたいものだな」

「ああ、だけどあと二、三年、この外まわりの仕事をしないことには、内勤には移れないだろうな」

車は人影《ひとかげ》のまばらな街の大通りを、ゆっくりと進んだ。両側の街路樹《がいろじゅ》は、舗道《ほどう》の上に静かな朝の緑の影を並《なら》べていた。その舗道の上のところどころには、うば車を押《お》す母親、孫の手をひいた老人、小走りにかけまわる犬をつれて散歩している美しい婦人などが見られた。

赤と白のしま模様《もよう》の日よけを出した商店街はまもなく終り、車は住宅地《じゅうたくち》を進んだ。

「内勤になったら、結婚《けっこん》して、あんな家に住むつもりなんだ」

私は同僚に指さしてみせた。バラをからませた垣根《かきね》のなかの、大きなニレの樹《き》の下にある古風なつくりの住宅を。窓《まど》からは、静かな昔のメロディーを織《お》るピアノの音が流れ出していた。ひいているのは、まつげの長い美しい女性だろうか、それとも、ほっそりした指を持った色白の少年だろうか。

あのような家に住めば、こずえに集って朝霧《あさぎり》のなかで鳴きかわす小鳥たちの声を、めざめた時に、寝床《ねどこ》のなかで聞くことができるだろう。また、ものうい午後のひとときには、幹のほらあなのなかの何匹《なんびき》かのリスたちの、木の実をかじる音もひびいてくるだろう。

「ぼくは、あんな家にするつもりだ」

同僚はハンドルをにぎったまま、あごの先で私に示した。それは、大きな池のほとりにある家だった。開いた窓からは、その家の主人らしい中年の男が、カンバスに絵筆を走らせているのが見えた。夜になれば鯉《こい》たちが軽い水音をたてて跳《は》ね、月影《つきかげ》がきらきら

と散らばるのを、あの窓《まど》から眺《なが》めることができるだろう。

「平和だなあ」

「平和だ」

私《わたし》たちは、しばらく黙《だま》り、車の進むのにまかせた。住宅《じゅうたく》もしだいにまばらになり、自動車はこんもりした森を持つなだらかな丘《おか》を、いくつか越《こ》えた。

恋人《こいびと》どうしなのだろうか、楽しげに語らいながら自転車を踏《ふ》む若《わか》い二人が、われわれの車を追い抜《ぬ》いていった。同僚《どうりょう》はそれを見送りながらつぶやいた。

「こんなに社会が平穏《へいおん》に保たれているのは、やはり政府の方針《ほうしん》のおかげなんだろうな。国民一人あたりに、充分《じゅうぶん》な広さの土地を確保しなければならないという」

それには、疑問《ぎもん》のひびきがないでもなかった。私は言う。

「当り前の話だよ。きみも本で読んで知っているだろうが、あの昔の状態と、長い年月をかけてやっと方針が軌道《きどう》に乗った今とをくらべてみれば、はっきりわかることじゃないか。いまでは、すべての悪がなくなっている。強盗《ごうとう》だとか詐欺《さぎ》だとか、あらゆる犯罪が。それに、交通事故や病気だってなくなった。かつては、自殺なんかをするやつもいたんだってな。考えられないことだ」

「それはそうだ。たったひとつのことを除《のぞ》いたらね」

「だが、そのたったひとつまでなくそうと考えたって、無理だよ。必要悪は、もはや悪じゃない。それをなくそうとしたら、すべてがたちまち混乱《こんらん》の昔に戻《もど》ってしまうじゃないか」

彼《かれ》はそれに答えず、ゆっくりとブレーキをかけた。見ると、道ばたの草むらから一匹《ぴき》のウサギが道路の上にとび出してきたのだった。そして、それにつづいて、息をはずませた少年があらわれた。

「坊《ぼう》や、もう一息じゃないか。元気を出してうまくつかまえろよ」

私《わたし》の声に、少年はちょっと足をとめ、ふりむいて笑顔《えがお》を見せたが、またウサギのあとを追って、草むらのなかにかけこんでいった。

きっとあの少年は、まもなくウサギをつかまえるだろう。そして、彼の家の夜の食卓《しょくたく》は、ほほをほてらせて話す少年の高い声でにぎわうことだろう。

自動車をふたたび進めはじめた時、同僚《どうりょう》が言った。

「どこかに、ガソリンを入れる所はなかったかな」

「ああ、このつぎの村に、たしかガソリンを売っている店があったはずだ。そこで入れよう」

車は、澄《す》んだ水に青空を映《うつ》しながら流れる小川にそってしばらく走り、村に近づいた。

「きょうは、こちらのほうでお仕事ですか」

小さなレストラン兼《けん》ガソリンスタンドの店をやっている老人は、私たちを見て目を伏《ふ》せながら聞いた。

「ああ、もう少し先だ。ガソリンを入れてくれないか」

私たちを生活維持省《いじしょう》の役人と知っているらしいその老人は、もう、それ以上なにも話しかけてこなかった。

「ごくろうさまです」

ガソリンを入れ終えた老人は、まばたきをしながら、私《わたし》たちの車を見送った。

「さて、このあたりじゃなかったかな」

と同僚《どうりょう》が聞いたので、私は、さっき出してシートの上にのせておいたカードを取りあげて読んだ。

「もう少し先に行って、左にはいるんだ」

私たちは、車を少しせまい道に乗り入れた。

「このへんでとめよう。あの花壇《かだん》のある家らしい」

私たちは車をおり、明るい花がむれをなしている花壇を通って、その家の玄関《げんかん》にむかった。チャイムが涼《すず》しげな音をひびかせた。

「どなた」

この家の主婦らしい健康そうに日やけした女性がドアをあけて、われわれを玄関に入れた。

「おたくに、アリサさんというお嬢《じょう》さんがおいでですね」

「ええ、おりますが、どなたさまでいらっしゃいますか」

それに答えるかわりに、私は左手で上衣《うわぎ》のえりをちょっとずらし、胸《むね》につけている生活維持省《いじしょう》のバッジを示した。

「ああ、死神……」

一瞬《いっしゅん》、青ざめた顔色となって倒《たお》れかかった彼女《かのじょ》を、同僚はなれた手つきで支え、すばやく気つけ薬の錠剤《じょうざい》を口にふくませた。しばらく玄関の柱にすがりついていた彼女は、ふるえ声で小さく叫《さけ》んだ。

「なにも、アリサを。あれまで育ってきた、かわいいアリサを」

私はそれに答えた。

「お気の毒とは思いますが、仕方のないことです」

「せめて、あたしをかわりに。お願いです」

「時どき、そうおっしゃるかたがありますが、それを聞きいれていたら、きりがありません。社会の秩序《ちつじょ》が、根本からひっくりかえってしまいます。ところで、アリサさんは……」

「いま近くの森に木イチゴをつみに行っていますが、せめて、家族と別れるひまぐらい、いただけませんか。いますぐでなくても、いいではありませんか」

「それも困《こま》ります。本人も苦しむし、みなさんも、かえって悲しみをますばかりでしょう」

彼女《かのじょ》は指で涙《なみだ》を押《おさ》えながら、つぶやくように言った。

「なんで、こんな方針《ほうしん》に従《したが》わなければならないのでしょう。たまらないわ……」

「奥《おく》さん、いまさら、そんなことをおっしゃられても困りますね。よくご存知《ぞんじ》のはずではありませんか。人びとが、このような静かな広々としたなかに、のんびりと住むことができる社会。ほとんど働かないでも欲《ほ》しい物を手に入れることができ、読書や園芸や音楽など、好きなことをしてすごせる社会。奥さんはそんな社会の生活になれきってしまって、ありがたみを忘《わす》れかけているのかもしれませんね。それに、犯罪《はんざい》でいやな思いをすることも、病気で苦しむこともありません。このすばらしい社会を維持《いじ》するためには、みなできめた方針に従うよりほかに、方法がないではありませんか」

「だけど、なにもアリサが……」

「みんなわがままを主張して、この方針をやめたら、どうなります。たちまち昔のように、人口がふえ、このへんにだって、あっというまに、アパートがごたごたと立ち並《なら》んでしまいましょう。そして、どの窓《まど》からもうるさい赤ん坊《ぼう》のわめき声がもれ、広場には教育の行きとどかぬ悪童のむれがあふれるでしょう。道の上では、たえまない交通事故。現在がそんな時代だったら、アリサさんだって今の年齢《ねんれい》まで生きられたかどうか、わからないではありませんか。それに、ひと時も気を抜《ぬ》けない生存《せいぞん》競争でひきおこされるノイローゼ、発狂《はっきょう》、自殺。いたるところにただよう、よごれきった空気。こうなれば、あとはもう一本道です。規格化された人間の大群、騒音《そうおん》をともなう刺激的《しげきてき》な娯楽《ごらく》、それで行きつくところは、いつも同じ、戦争です」

私《わたし》は、これまでに何百回となくくりかえしてきたことなので、一気にしゃべった。

「だけど……」

「地上の大部分を、文明とともに廃墟《はいきょ》にしてしまう戦争のほうがお好きなら別ですが、多くの人は、戦争を好きではありません。わたしだって、きらいです。それには、みなが公平にその負担《ふたん》を受けなくてはなりません。生活維持省《いじしょう》の計算機が毎日選び出しているカードは、絶対に公平です。情実が入っているといううわさなどが立ったことは、ないはずです。そう、老人だからといって、子供《こども》だからといって、差別をすることは許されません。生きる権利《けんり》と死ぬ義務は、だれにでも平等に与《あた》えられなければなりません」

「でも、でも……」

しかし、彼女《かのじょ》には、もはや言うべき理屈《りくつ》のあるはずがなかった。この方針《ほうしん》にはすべての人びとが従《したが》っているのだし、従わなければならないのだ。

玄関《げんかん》の外へ明るい歌声が近づいてきた。

「アリサさんですね」

主婦は力なくうなずいた。

「声をおたてにならないように。気がつかないところを、そっとやりましょう。そのほうが、本人のためにも楽ですから」

私《わたし》は玄関の物かげに身をひそめ、内ポケットから小型の光線銃《こうせんじゅう》を出して、安全装置《そうち》をはずした。そして、歌声と木イチゴのはいったかごの持ち主に、ねらいをつけた。どこからか飛んできた柔《やわ》らかいアブの羽音が、ひき金をひくまでの少しの時間を埋《う》めていた。

とぎれた歌声のあたりに立ちこめていた煙《けむり》が、そよ風にゆれて花壇《かだん》の上を流れ、どこへともなく流れ去っていったのをあとに、私たちは自動車に戻《もど》った。ふたたび広い道に出た時、同僚《どうりょう》が聞いた。

「さて、こんどはどこなんだい」

私はポケットから、つぎのカードを一枚《まい》ひっぱり出した。

「ああ、さっき通った小川のほとりあたりがいいな」

「なんだい、いいな、っていうのは。休むつもりかい」

そこで私は、手に持ったカードに記入されている私の名前を、彼《かれ》に見せた。それから、ポケットの残りのカードと光線銃を出して、彼に渡《わた》した。

「午後も、きみに運転させることになってしまったな」

「なにも急がなくたっていいじゃないか。いちばんあとにしたって、いいだろう」

しかし、私《わたし》は平和にみちた明るい景色を目にやきつけながら答えた。

「いいよ、自分できめた順番なんだから。ああ、生存《せいぞん》競争と戦争の恐怖《きょうふ》のない時代に、これだけ生きることができて楽しかったな」

年賀の客

「あけまして、おめでとうございます」

まっ白な障子《しょうじ》を通して、新春の日は部屋いっぱいにあふれていた。

「やあ、おめでとう」

床《とこ》の間《ま》の前にすわった実業家ふうの老人にむかって、三十歳《さい》ぐらいの男が新年のあいさつをのべ、老人はそれにこたえた。

「旧年中は、ひとかたならずお世話になりまして、お礼の申しあげようもありません。おかげさまで、わたしの店も、なんとか立ちなおることができました」

「そうあらたまることは、ないよ。ことしは商売を、大いに伸《の》ばしたまえ。そんなことより、まあ、一杯《いっぱい》のんでくれ」

「はあ、いただきます」

杯《さかずき》につがれた酒は、暖《あたた》かい部屋のなかに、いいかおりをたちこめた。遠くで、獅子舞《ししまい》の太鼓《たいこ》の音が流れていた。

「ほんとうに、けっこうなお正月でございますねえ」

「静かで、大みそかまでのあわただしさが、うそのようだ」

と老人は目を閉《と》じ、ゆっくりとつぶやいた。去年を、そして若《わか》いころを、じっとなつかしむようにみえた。

「こんなことを、お聞きしていいかどうかわかりませんが……」

若い男は、口ごもりながら話しかけた。

「ああ、いいとも。なんでも言ってみたまえ」

「本当に失礼なことかもしれませんが、じつは、あれほど面倒《めんどう》をみていただけるとは、思いもよりませんでした」

75　年賀の客

「きみが若《わか》くて、熱心だったからだよ」

「だけど、じつを申しますと、こちらにおうかがいする前に、いろいろな人に相談してみたのですが、あまりひとの世話をなさらないかただから、おうかがいしても無駄《むだ》だろうと、おうわさする人が多うございました」

老人は目を閉《と》じたまま、言った。

「ああ、事実そうだったようだ」

「それなのに、どうしてわたしがおうかがいした時に、あんなに簡単《かんたん》に承知して下さったのか、ちょっとふしぎに思えて仕方ありません。よろしかったら、お話し願えませんでしょうか」

「それはきみ、としのせいだよ。としをとると、ひとの世話をしたくなるものだよ」

「そうですか。わたしにはわかりませんが、そういうものですかねえ」

男は不審《ふしん》そうな声で言って、自分で杯《さかずき》に酒を満たした。しばらく沈黙《ちんもく》がただよい、彼《かれ》は話題をうつそうとして、床《とこ》の間《ま》の富士の画《え》に目をやり、落款《らっかん》を読もうとした。しかし、その時、老人は目を開いて、男の方に顔をむけた。

「話してしまおうかね」

「お願いできれば……」

男はすわりなおして、ちょっと頭を下げた。

「話してしまえば、少しは気が晴れるかもしれない。きみは、生まれかわりということを信じるかね」

突然《とつぜん》の質問に、男はちょっととまどった。

「さあ、考えたこともありませんが。だが、まだお元気なのですから、そんなことをお考えにならなくても……」

「まあ聞いてくれたまえ。わたしはきみも知っての通り、若い時から、金と事業にとりつかれていた。世の中で信じられるのは金と力だけだと思って、そのためには、他のすべてを犠牲《ぎせい》にしてきた」

「ごもっともです。そのお努力によって、今日の地位が築かれたのでございますね。うらやましいことです」

「だが、ある時、こんなことがあったのだ。さあ、もう三十年も昔になるだろうか。ある日、みすぼらしい男が、会社にわたしをたずねてきた」

「見たこともない人だったのですか」

「いや、ちょっと気がつかなかったが、わたしの学生時代の友人だったのだ。そして、勤《つと》め先をくびになったから金を貸してくれ、と言いだした」

「それで、どうなさいました」

「だが、話を聞いてみると、とても返せそうにない。わたしは、その当時は、もうからないことに金を出すのを、罪悪のように考えていたし……」

老人は、男を見つめて弱々しく笑った。

「しかし、金を貸さなくても、責任はありませんでしょうに……」

「その男は、四、五回もやってきただろうか。いつも、ちょっと肩《かた》をすくめ、金をくれよ、とねだっていた。妙《みょう》な身ぶりだったな。しかし、毎回ことわっていると、そのうち来なくなった」

「よかったではありませんか。だが、どうしたのでしょう」

「死んでしまったのさ。そういえば、どこかからだでも悪かったのか、なんとなく影《かげ》が薄《うす》いやつだったな」

「あんまり、いい気持ちではございませんね」

「最後に来た時、あいつはこんなことを言っておった。あなたは金しか信じないようだが、わたしは生まれかわりを信じるとね。こんど生まれてくる時は、金に不自由しないように生まれてくるつもりだ、ともね。変なことを言うやつだとは思ったが、あのころはわたしの仕事はどんどん大きくなっている時だったし、わたしの信念は変りもしなかった」

「それが、去年になって変った、とおっしゃるわけですね」

「ああ、きみがはじめて、わたしのところに来た日からだよ」

老人は、こう言い終えて、ふたたび目を閉《と》じた。その顔のしわは、思いなしか少し深くなったように見えたが、それは日が傾《かたむ》いたせいかもしれなかった。

男は口に近づけていった杯《さかずき》を歯にぶつけて、ひざに酒をこぼしたが、ぬぐおうともせずに、あわてて言った。

「そ、その男は、どんな顔つきだったのです。わたしに似ていたとでも……」

老人の答えない静かさを、廊下《ろうか》の足音が破り、不意にふすまがあけられ、華《はな》やかな色《しき》彩《さい》がとびこんできた。男はわれにかえって、

「お孫さんでしたね。すっかりかわいらしくなって」

と話しかけたが、その、晴着をつけた少女は、老人のそばにすわり、わがままそうにひざをゆすりながら、

「ねえ、おじいちゃん。お金くれない」

とねだり、そして、ちょっと肩《かた》をすくめた。

老人はひざをゆすられながら、男に言った。

「きみがわたしのところに、はじめて来た日の朝、どうして覚えたのか、これがこんな

ねだりかたをはじめてねえ……」

冬の蝶《ちょう》

きびしい寒さが、空気を水晶《すいしょう》のように変えてしまう季節。雪は夕ぐれのなかを硬《かた》い粉となって降《ふ》りはじめ、その足並《あしな》みを早めていったが、家のなかは初夏のすがすがしい明るさにみちていた。

「あなた。ちょっと、いらっしゃってよ……」

若々《わかわか》しい妻の声は、家じゅうに行きわたった。大声で叫《さけ》んだのではなかったが、各部屋にとりつけられてあるインターフォンによって、声はどの部屋にもやわらかく運ばれて行くのだった。

「ああ、いま行くよ」

夫は返事を送りかえし、熱中していた草花をそのままにして、立ち上がった。机《つくえ》の上のプラスチックの箱のなかでは、強いライトを浴びて、十センチぐらいの高さの小さなヒマワリが花をつけて並《なら》んでいた。彼《かれ》は、これのもっと小さい変種をつくり、五センチぐらいで花を持たせるようにし、友だちに自慢《じまん》するのを一番の楽しみとして、夢中になっているのだった。

「やれやれ、なんの用なのだろう」

彼のつぶやきにこたえるように、壁《かべ》の虹色《にじいろ》の光は、彼に先立って廊下《ろうか》を流れた。

「なんだ、また鏡の部屋か」

壁を流れてきた光は、ひとつの部屋の扉《とびら》の上でまたたき、止まり、彼の近づくにつれ、扉は左右に開いた。

「どう、これ……」

妻は鏡にむかって、浮《う》き浮きしていた。彼女《かのじょ》の向っている鏡のまわりを、小さなスクリーンが九曜星《くようせい》のようにとり巻《ま》いていて、そのひとつひとつに、後姿《うしろすがた》、左右の横や斜《なな》め前からなどの姿《すがた》が、それぞれ写っていた。それらは、まんなかの彼女《かのじょ》が髪《かみ》に手をあてると同時に、いっせいに動いた。部屋の各所に装置《そうち》されているテレビカメラの働きなのだった。

「なかなか、いいじゃないか。それが今の流行なのかい」

夫は、やさしく声をかけた。

「ほら、ごらんなさいよ、この服……」

妻は、ゆっくりと部屋のなかを歩きまわった。ゆるやかなローブは、まっ青な海の色。だが、ゆれ動くにつれ、その模様《もよう》のたくさんの蝶《ちょう》が光を帯び、いっせいに羽ばたきはじめるのだ。

彼女は、鏡と夫とに交互《こうご》に目をやりながら小声で歌い、軽くとびはねた。すると蝶々たちも、群をなしていそがしそうに飛びまわった。

「きれいでしょ。うれしいわ」

彼女は夫にかけより、とびついた。蝶々たちは、しばらく羽をやすめ、キスの終るのをおとなしく待った。

「まだ出かけるには早いよ」

彼は、壁《かべ》にとりつけられている、宝石《ほうせき》を星座《せいざ》の形にちりばめた時計を見ながら、今夜のパーティーについてふれた。

「ええ。だけど、早く着て見たかったのよ」

妻はちょっと考えて、言い足した。

「そうだわ。モンに見せてやりましょう」

モンとは彼《かれ》らのペット、一匹《ぴき》のサルのことだ。

「モン……」

「モン」「モン」

声は部屋部屋に伝わっていった。しばらくして扉《とびら》が開き、足と手を七三に使いながら、サルのモンが入ってきて、すみの椅子《いす》にとび乗った。

「モン。どう……」

妻はモンのそばでくるくる回り、服の蝶《ちょう》を飛ばせて見せた。モンはくぼんだ目の底に悲しそうな色を浮《う》かべ、無表情に蝶を見つめた。蝶たちは得意げに服の青い海を飛びまわり、モンをあざけった。

夫は、ちょっと手持ちぶさたになり、無意識にタバコを出していた。無害のロチ・タバコを口にくわえ、ケースを閉《と》じると、その音に応じて部屋の各すみにある決してねらいを誤《あやま》ることのない熱線放射器《ほうしゃき》が、さっと熱線を出し、火をつけた。

煙《けむり》はゆれ、ひろがり、部屋に香気《こうき》をみたしはじめた。だがモンには好ましいかおりではないのか、煙が近づくと顔をしかめ、弱々しくせきをした。

「それじゃあ、もう少し花の世話をしてくるよ」

彼《かれ》はタバコを投げ捨《す》てて、部屋を出ていった。床《ゆか》のじゅうたんはさざ波をたてて、灰《はい》と吸殻《すいがら》とをすみに運んで始末し、静かにもとに戻《もど》った。

その静かさを破るように、妻はふたたび鏡にむかい、ボタンを押《お》した。春霞《はるがすみ》のような音楽が四方の壁《かべ》から流れはじめ、彼女《かのじょ》はそれに包まれて化粧《けしょう》をつづけた。忘《わす》れられたモ

87　冬の蝶

ンは椅子《いす》の上で、ひざにあごを乗せ、目をつぶっていた。音楽に聞きほれているのだろうか、聞くまいとして眠《ねむ》ろうとしているのだろうか。

時間がおだやかに流れ、彼女《かのじょ》は化粧《けしょう》を終えた。

「さあ……」

彼女は蛍光《けいこう》のマニキュアをした指で、真珠色《しんじゅいろ》のボタンを押《お》した。これを押すと、足もとからゆるやかに香水《こうすい》の霧《きり》がわきあがり、化粧の最後の仕上げが行われるのだ。

「あら、どうしたのかしら……」

霧は出なかったし、鏡のまわりのスクリーンはぼやけはじめた。あたりは急に暗くなり、部屋のなかは窓《まど》から入る、夕闇《ゆうやみ》の持つほんのわずかの光だけになってしまった。

「あなた……」

だが、声はどの部屋にも、とどかなくなっていた。

「あなた……」

気がついた彼女は声を少し高め、小走りに部屋を出ようとした。電気の来なくなった扉《とびら》は、開きっぱなしになっており、廊下《ろうか》にはまったく光がなかった。彼女が手さぐりで花の部屋にむかうとき、服の蝶《ちょう》たちは、光を帯びて楽しそうに舞《ま》いはしたが、それも廊下を照らす役にはあまりたたなかった。

「あなた……」

「ああ、ここだ。いったい、どうしたんだろう。こんなことが起るはずは、ないじゃないか」

「だけど、みんな止まっちゃったのよ。どうしましょう」

「どうしましょうって言ったって、ぼくにもわからないよ。困《こま》ったな、せっかくのヒマワリが、だめになってしまう。テレビもラジオも、それに電話まで、みんな動かない」

「じゃあ、だれかに聞くわけにも、いかないわね」

「うちだけだろうか」

二人は寒さのしのびこみはじめた窓に近より、そとに目をやった。いつもなら夕ぐれとともに輝《かがや》きを増す少しはなれた家々も、いまは冷たく雪に彩《いろど》られて、濃《こ》い夕闇のなかで死んだように横たわっていた。遠くの繁華街《はんかがい》のあたりの空にも、明るさはなにもなく、うそのようなさびしさが占《し》めていた。

「うちだけじゃないわ。町じゅうね」

「ああ、こんな時には、宇宙船《うちゅうせん》なんか着陸できないから、大きな事故が起るだろうな」

「いやねえ」

わずかに残っていた明るさも、しだいに窓《まど》から去り、かわりに寒さがガラスを通りぬけてきた。

「寒いわ」

妻は蝶《ちょう》の模様《もよう》のローブをかき合わせ、鳥肌《とりはだ》をたてた。

「ほかに、着る物はないのかい」

「まえの服は、けさ溶《と》かしちゃったでしょう。下着もこれだけなの」

「少しとっとけばよかったな」

「そんなこと言っても、無理よ。配達パイプですぐに手に入るのに、余分においておく家なんてないわ。それに、だれもこんなことになるなんて、考えもしないもの」

妻はこう言いながら、手さぐりで、机《つくえ》の横のボタンに触れた。いつもならコップがあらわれ、それに熱い濃《こ》いコーヒーが注がれるのだが、いまは音もたてなかった。

「すぐになおるだろう」

夫はあてもなく言い、タバコを口にし、ケースをパチパチ鳴らしたが、どこからも熱線は来なかった。

暗さのなかで、服の蝶たちと、ツメのマニキュアだけが、時どきぼんやりと光って動いた。すべてが止まり、静かさだけがあった。二人は長椅子《ながいす》に並《なら》んですわり、窓のあたりを見つめていた。

「雪って、降《ふ》る時に音をたてるのね。こわい」

生まれてから経験したことのない静寂《せいじゃく》のなかで、二人は雪のつもる音を聞いたように思えた。それは、どこからともなく迫《せま》ってくる、運命の足音のようでもあった。

「そうだ。地下のガレージの自動車のなかに、携帯《けいたい》ラジオがあったな。とってくるよ」

「早く戻《もど》ってきてね」

夫は壁《かべ》を伝いながら、部屋を出ていった。残された妻は、寒さと心細さを忘《わす》れようと、立ち上がって小さく踊《おど》りの足取りを踏《ふ》んだ。蝶々《ちょうちょう》たちは、闇《やみ》のなかを、めまぐるしくさわいだ。

「あったぞ」

声がし、オレンジ色の小さな灯《ひ》のともったラジオを手にした夫が、足で床《ゆか》をすりながら戻ってきた。

「なにか聞こえる……」

二人の見つめるオレンジ色の盤《ばん》の上を、針《はり》がゆっくりと回ったが、なんの物音もしなかった。

「故障《こしょう》かしら」

「そんなはずはないよ。おとといのドライブの時は、よく聞こえたじゃないか」

「それじゃあ、どこの放送局の電気も……」

夫は、あわててダイヤルから手をはなした。完全な機能を持ちながら、なんの役にも立たないでオレンジ色に光っているこの機械が、いまは気味わるく思えたのだ。

「ねえ。お隣《となり》まで行ってみましょうよ」

妻は泣きそうな声で言った。

「だけど、どうやって行くのだい。道路の電気だって止まってるのだから、自動車は動かないよ。歩いて行くっていったって、戸をあけたら、たちまちこごえてしまう。それに、そんなことして行ってみたって、うちと同じことだよ」

「それなら、どうしたらいいの。寒い……」

妻は低い声で泣いた。

「もうすぐ、みんなもとの通りになるよ。さあ、目をつぶって」

夫はやさしく抱《だ》きしめたが、彼女《かのじょ》の冷えたからだを、窓《まど》ガラスを越《こ》え床をはい、限りなく迫《せま》ってくる寒さから防ぐことはできなかった。それに、彼《かれ》のからだもはい寄る寒さのために、つめたくなる一方だった。

「おなかがすいたわ」

妻は弱々しい声で言った。

「さっき、どのコックもひねったけど、なにも出ない。こうして待っている以外、どうしようもないのだよ」

どちらからともなく、くちびるをよせあった。壁《かべ》の時計は止まっていたが、時間はつめたく流れた。

「眠《ねむ》いわ」

「ああ、ぼくも」

「静かで、こんな気持ちのいい眠りは、はじめてね」

二人は肩《かた》にくびをもたせあって、ささやいた。

「悪い夢だよ。目がさめたら、なにもかもすっかりもと通りになっているよ」

「パーティーも、香水《こうすい》の霧《きり》もね」

「ああ。だけど、モンはどうしたろう。どこかの部屋で寒がっているのじゃないかな」

「モンには毛皮があるからいいわね」

二人は、とぎれとぎれに話し、いつしか眠りにはいっていった。ふたたびさめることのない眠りとは知らずに。ラジオのオレンジ色のかすかなあかりを受けて、蝶々《ちょうちょう》たちは静かに羽を休め、時どき、思い出したようにかすかな動きをし、そしてまったく動かなくなった。光のとどかない机《つくえ》の上では、ヒマワリたちが、ゆっくりと頭をたれ、音もなくしおれていった。

死のとばりが、この家を包んだ。おそらく、どこの家をも。

だが、やわらかな音が、この家のなかを動きまわりはじめた。モンが、この家の主人となった喜びを示しているのだ。電気のちらちらした光にからかわれることのなくなったモンは、どこにかくしてあったのか、食料を運びだして、来客用の部屋のまんなかにつみあげた。

そして、もぎとった椅子《いす》の脚《あし》を持って、貴重《きちょう》な骨董品《こっとうひん》だった木製の机の上に飛び上がり、両手の間にはさんで、キリのようにもみはじめた。

窓《まど》の外の漆黒《しっこく》の闇《やみ》のなかを舞《ま》う雪をよそに、だれも見る者もない暗さのなかで、モンは楽しげに仕事をつづけた。

鏡

「きょうは十三日の金曜日だな」

部屋の片《かた》すみにある置時計の示している日付と曜日とに目をやりながら、夫が言った。

「つまらないことを気にするのね。でも注意はするわ。今夜は、少しおそくなるかしら。そうなったら、帰るのは十四日の土曜日よ」

妻は笑いながら、

「それまでに、面白いものが手に入るかもしれないぜ」

と言う夫の声をうしろに、夕ぐれの街に出ていった。

二人は、ある高層《こうそう》マンションの一室に住んでいた。夫は商事会社の課長、子供《こども》がないままに、妻は結婚《けっこん》前からの声優《せいゆう》の仕事をつづけていた。それで、時には録音のつごうなどで、夜に出かけなければならないこともあったのだ。

「今夜こそやってみよう。今夜をのがすと、また数カ月さきだ」

夫はタバコを吸《す》いながらテレビを眺《なが》め、夜のふけるのを待った。ミュージカル、西部《せいぶ》劇《げき》……。四角い画面の上でにぎやかに変化がつづき、時間が移った。

「そろそろ、準備にとりかかるか」

彼《かれ》は立ち上り、洗面所《せんめんじょ》にかかっている鏡をはずし、部屋の鏡台のそばに持っていった。そして、ポケットから横文字で書かれた手紙を出し、読みながら鏡台を少しずらした。

「まず、地球の磁力線《じりょくせん》に対して、角度をつけます……か。なんだ、ほとんど動かさなくてもよかったな」

小さな磁石《じしゃく》を鏡台のふちにのせ、手紙に書かれている角度とあわせた。

「つぎに、二つの鏡の面を平行にしますが、この間隔《かんかく》は……」

彼は物差しをあてながら、二つの鏡の面を平行にしようとした。これは少しやっかいなことだったが、椅子《いす》、箱、針金《はりがね》などを利用して、なんとかできた。彼は出来ぐあいを確かめるように、のぞきこんでみた。鏡はたがいに映《うつ》しあい、深い深い奥《おく》まで長い廊下《ろうか》を作っていた。

「これでよし、と。そうそう、聖書《せいしょ》がいるんだったな……」

彼は学生時代に買った聖書を本棚《ほんだな》の上から取り出し、ほこりを口で吹《ふ》きながら、装置《そうち》のところまで戻《もど》った。

「……この方法で、悪魔《あくま》をつかまえることができます。わたしも、子供《こども》の時にやってみました。試みられるのはけっこうですが、あまり面白いものではありません」

彼は手紙の残りを全部読んだ。しかし、いったい悪魔がどんなものか、どんな目にあったのかについては、なにも触《ふ》れてなかった。

この手紙は彼が学生のころ、スペインのペンフレンドから受け取った手紙だった。若《わか》いころはだれしも、理屈《りくつ》で納得《なっとく》できないことを試みようとはしない。彼ももちろんそうだったが、このところあまりに合理的すぎる会社の仕事にやりきれなさを覚えたので、箱のなかをひっくり返して、この手紙をさがし出したのだ。

「さあ、時間だ」

彼《かれ》ののぞき込《こ》んだ腕時計《うでどけい》の長針《ちょうしん》と短針《たんしん》は、十二時のところで重なりはじめた。

「やっぱり本当だった」

彼の低いつぶやきの通り、鏡の奥《おく》に、小さく遠く、黒い影《かげ》がにじむように浮《う》かんだ。

「やってくるぞ」

その黒い影は、一秒にひと足ずつ、並《なら》んでいる鏡を越《こ》えて、近づいてきた。彼は聖書《せいしょ》を開き、身がまえして待った。

「あと、五つ、四つ、三つ……」

小さな悪魔《あくま》は、なおも歩きつづけた。

「それっ、つかまえたぞ」

彼は叫《さけ》んだ。鏡台の鏡から出て向いの鏡にとび込む一歩の間に、彼は聖書をぱっと閉《と》じて、悪魔のしっぽをはさんだのだ。悪魔はキュッというような声を出して、宙《ちゅう》にぶら

下げられた。彼《かれ》はすばやく鏡の向きを変え、悪魔《あくま》が逃《に》げこめないようにした。

「いったい、どんな顔をしているんだ」

彼は聖書《せいしょ》からしっぽを抜《ぬ》き出し、手でそれをつまんで、明るい机《つくえ》の上に持っていった。長いしっぽをべつにすれば、形は人間に似ていたが、ネズミよりいくらか大きく、ネコよりはいくらか小さかった。

万年筆のようにつやのある黒さで、耳だけが特に大きかった。だが、顔つきは、悪魔という名に似つかわしくなく、なんとなく哀《あわ》れな、ものさびしいものだった。

「助けて下さい。逃《に》がして下さい」

かん高い、細い、その声も、また、あまり景気のいいものではなかった。

「これが悪魔とはねえ。もう少し堂々としたものかと思っていたのに」

彼は、期待を裏切《うらぎ》られた思いだった。

「お願いです。帰らせて下さい」

ふたたび哀れな声を出した。

「そうはいかないよ。せっかく、つかまえたんだ。毎日くだらない仕事で、くさっていたところだ。ひとつ、なにかやってみろ」

「だめです。なにもできません。逃がして下さい」

「うそをつけ。悪魔に、なにもできないはずはない。なにかやるまで、絶対に帰さない」

悪魔は悲しそうな顔をした。彼はそれを見ているうちに、なにかしらいじめてやりたくなり、頭をこづいた。悪魔の表情はさらにおびえたものになり、からだをすくめた。

「おい。なにかやってみろ、と言ってるんだ」

「本当に、なにもできないのです。いじめないで下さい」

彼はその声を聞くと、残虐《ざんぎゃく》な衝動《しょうどう》がいっそう高まり、しっぽをつかんでひと振《ふ》りし、壁《かべ》にぶつけた。キューッという悲鳴とともに悪魔は床《ゆか》の上にころがったが、弱々しく身を起した。彼はそれをけとばした。しかし、悪魔は頭を下げるばかりだった。

「あなた、なにをしているの。ネズミでも出たの……」

帰ってきた妻は、棒《ぼう》でなにかをたたいている夫に声をかけた。

「いや、悪魔《あくま》だ」

「変なものを、もらってきたのね」

「もらったのじゃない。ここで、つかまえたのさ」

夫は悪魔のしっぽをつまんでぶら下げながら、スペインの伝説どおりやって悪魔をつかまえたことを簡単《かんたん》に話した。

「そんなものをいじめて、大丈夫《だいじょうぶ》なの」

妻は、ちょっと心配そうに聞いた。

「悪魔がこんなにだらしないものとは、知らなかった。まあ、明るいところで見てごらん」

夫は電灯の下に持っていった。

「ほんと。ずいぶん情ない顔つきね」

「そうなんだ。なにもできないとさ」

夫は悪魔の大きな耳を、指でひねった。

「そんなにいじめないで下さい。帰らせて下さい」

その声は、妻の加虐性《かぎゃくせい》をも誘《さそ》った。

「ちょっと面白そうね。あたしにもやらせてよ」

妻はもう一方の耳をひねった。それに応じて、悪魔はさらにみじめに顔をしかめた。

「なにかやって見せるまで、箱のなかに閉《と》じこめておこう」

「壺《つぼ》のほうがいいわ」

妻は台所から、ジャムを入れるのに使った口の広い壺を持ってきて悪魔を入れ、ふたをした。

「息が出来なくなるかしら」

「その心配はいらないよ。悪魔は、絶対に死なないそうだ」

「それじゃあ、えさもいらないのね」

「小鳥を飼うより、よっぽど簡単だ」

二人は顔を見合わせて、楽しそうに笑った。

つぎの朝になっても、悪魔《あくま》はちゃんと壺《つぼ》のなかにいた。朝食を終えた夫は、タバコをすいながらふたをあけ、言った。

「おい、なにかやってみろ」

「そんな無理な……」

悪魔の声は、語尾《ごび》がかすれた。夫は、その耳をつかんでひっぱり出し、タバコの火を背中《せなか》に押《お》しつけた。キューキューという泣き声を出して悪魔は身をもだえたが、なにも手むかいはしなかった。

「だらしのない悪魔だ」

そして、またも壁《かべ》になげつけた。だが、悪魔は死にもせず、床《ゆか》の上にじっとうずくまり、情なさそうに上目づかいに見あげていた。

「あなた、会社におくれるわよ。あとは、あたしにやらせてよ」

妻は夫に声をかけた。

「もうそんな時間か。いいか、そいつを逃《に》がすなよ」

夫は会社にでかけた。妻はその日一日じゅう家にいたが、悪魔をいじめることで、退《たい》屈《くつ》しなかった。

こうして、二人はだれも持っていない、すばらしいペットを手に入れた。しかし、このペットは、悪魔という名に反して、二人に幸福をもたらした。

「おい、部長の辞令をもらったぞ。その悪魔のおかげだ」

「いったい、どうしたのよ」

「自分では気がつかないうちに、会社でのぼくの評判がたいへんよくなっていたのさ。どんなに上役におこられても、それを部下にやつあたりしないのは、ぼくだけだそうだ。そう言われれば、そうかもしれない。うっぷんは全部、こいつで晴らせるんだからな。どんなにいやなことがあっても、こいつさえいじめれば、それを次の日に持ち越《こ》すことはない。考えてみれば、部下に当り散らしたり、安酒やパチンコなんかで気晴らしをしている連中は、哀《あわ》れなものだな」

「そういえば、あなたはこのごろ、あたしにずいぶんやさしくなったわね。ちっとも怒《おこ》らなくなったじゃないの」

二人のうれしそうな話を、悪魔《あくま》はしっぽを椅子《いす》の脚《あし》にしばりつけられ、おどおどしながら聞いていた。

二人のうっぷんは、なによらず悪魔で晴らされ、そのうっぷんの程度は、いじめ方のひどさで知ることができた。

「くやしい。早くそれを貸してよ」

ある日、妻は帰ってきて、ドアをしめるなり叫《さけ》んだ。

「なんだ、どうしたんだ」

だが、妻はそれに答えず、ハンドバッグから太い針《はり》を取り出し、悪魔のからだに力一《ちからいっ》杯《ぱい》つき刺《さ》した。キューキューという悲鳴とともに、悪魔は、

「なんとひどいことを……」

と苦しそうにうめいたが、妻は針をひき抜《ぬ》き、つき刺し、何回もくり返した。

「ああ、さっぱりした」

「いったい、なにがあったんだ」

「こんどはじまる、新番組のいい役がとれなかったのよ。だけど、考えてみれば仕方がないわね」

妻はもうけろりとして、いつもと変らない明るい口調で言った。

「その針は、どこから持ってきたんだ」

「帰りがけに、いちばん大きい針を買ってきたのよ」

「手回しのいいことだな。そろそろ食事にしよう」

二人は壺《つぼ》のなかに悪魔をほうり込《こ》み、楽しく食事についた。

夫も部長に昇進《しょうしん》してから、仕事上の苦労がふえたのか、帰ってからのうっぷんの晴らし方が大きくなった。ある日、ハンマーを買ってきたこともあった。だが、悪魔は頭を砕《くだ》かれても、壺《つぼ》のなかで一晩《ひとばん》すごすと、つぎの朝にはもと通りになって、うずくまっていた。

妻が大きなハサミでしっぽを少しずつ切りとっていっても、やはり一晩《ひとばん》たつともとの長さになっている。二人は、このペットをだれにも話さなかったし、もちろん、見せもしなかった。こんなに刺激的《しげきてき》で楽しく、しかも役に立つペットを、ひとに取られたら一大事だからだった。

このようにして、何カ月かたったある夜。妻は寝《ね》る前に鏡台に向い、髪《かみ》にブラシをかけていた。悪魔《あくま》はそのそばで、しっぽに結《むす》び目を作られて痛《いた》がっていた。彼女《かのじょ》はなにげなく、ブラシをかけ終った髪を見ようとして、手鏡をとって頭のうしろにかざした。

その時。悪魔はとつぜん、飛び上がって、手鏡のなかにとび込《こ》んだ。

「たいへんよ」

妻の叫《さけ》びに、夫はあわててやってきた。

「どうかしたのか」

「悪魔が逃《に》げたのよ。ちょっと手鏡を動かしたら、このなかに入っちゃったのよ」

夫は鏡を向い合わせてみたが、うまく間隔《かんかく》のとれた時には、もう深い奥《おく》で、小さく消えようとしている時だった。

「とんでもないことをしたな。これから、どうするつもりなんだい」

「だって、こんなところから逃げるなんて、知らなかったもの」

「ちゃんと、前に話しておいたはずだ」

「そんなこと、聞かなかったわよ」

二人はしだいに声を高め、ののしりあった。もう、そのうっぷんを晴らしてくれるものはなかったが、二人の身に深くしみ込んだ習慣は消えてはいなかった。いつの間にか、夫の手には、ハンマーが、妻の手には、ハサミがあった。

血が鏡の破片《はへん》のちらばる床《ゆか》の上に流れつくし、うめき声が出つくして静かになった部屋の片《かた》すみでは、置時計が十三日の金曜日のカレンダーを音もなくまわし、もはやだれも見るものがないのに、つぎの日付と曜日とを、なにごともなかったように出し終えた。

処《しょ》刑《けい》

その男は、パラシュートをはずす気力もなく、砂《すな》の上に横たわったまま目で空をさがした。

うす青く澄《す》み切った高い空に浮《う》かぶ、小さな羽毛のような雲のそばに、みるみる小さくなって行く宇宙艇《うちゅうてい》をみつけた。少し前、パラシュートをつけた彼《かれ》をつき落していった宇宙艇だ。それはさらに小さくなり、空にとけ込《こ》んで消えた。

彼と地球とのつながりは、これでまったくたち切られた。もう、心をごまかしようがない。これからは、いつ現れるか知れない死を待つ時間だけがつづく。いまや処刑の地、赤い惑星《わくせい》上にいるのだった。

酷熱《こくねつ》というほどではないが、暑かった。彼はのどの渇《かわ》きに気がついて、そばにころがっている銀色の玉を見た。銀の玉は日光を受けて、静かに光っていた。

地球では文明が進み、犯罪《はんざい》がふえていた。文明が進むと、犯罪がふえるのではないか。この、むかしだれもが持った不安は、すでに現実となっていた。軽金属できらきらするビル。複雑にはりめぐらされた、自動装置《そうち》のための配線。大小さまざまの電子部品。

このような無味乾燥《むみかんそう》なものがいっぱいにつまった都会の、どこから、またどうして、なまなましい犯罪が生まれてくるのかは、ちょっと不思議でもあった。しかし、犯罪は起っていた。殺人、強盗《ごうとう》、器物破壊《はかい》、暴行。それに数え切れない傷害《しょうがい》、窃盗《せっとう》。

もちろん、この対策《たいさく》は万全《ばんぜん》だった。電子頭脳《ずのう》を使ったスピード裁判《さいばん》。以前の何年もかかる裁判は改善《かいぜん》され、検事《けんじ》、弁護士、裁判長の役をひとつの裁判機械がおこなっていた。逮捕《たいほ》された次の日には、刑《けい》が確定する。その刑は重かった。悲惨《ひさん》な被害者《ひがいしゃ》の印象がうすれないうちに確定する刑は、重くなければならなかった。

あんな刑《けい》では、被害者《ひがいしゃ》がかわいそうだ。この素朴《そぼく》な大衆《たいしゅう》の要求は、刑をますます重くしていった。そのたびに、裁判《さいばん》機械の配線は変えられ、刑はより重くなるのだった。しかも、宗教《しゅうきょう》をほとんど一掃《いっそう》してしまってからは、犯罪を押《お》さえるには、重い刑しかなかった。また犯行よりも刑の方が苦しくなくては、その役に立たなかった。

処刑《しょけい》方法として最後に考え出されたのが、赤い惑星《わくせい》の利用だ。探検《たんけん》ロケットがはじめて行きついてからしばらくのあいだの、この星へのさわぎは大変なものだった。学術上の新しい発見、産業上の新しい資源《しげん》、観光旅行。

だが、調査がしつくされ、採算可能の資源をとりつくされたあとの惑星は、もう意味がなかった。地球のひとびとは限度のない宇宙《うちゅう》進出をつづけるより、地球を天国として完成した方が利口なことに、気がついた。

その星は処刑地にされ、犯罪者たちは宇宙船で運ばれ、小型の宇宙艇《うちゅうてい》に移されて、パラシュートでおろされるのだった。銀の玉を、ひとつ与《あた》えられて。

その男は、銀色の玉をこわごわみつめた。ますます激《はげ》しくなる渇《かわ》きは、彼《かれ》にパラシュ

ートをはずさせ、玉に近よらせた。彼はそっと、手にとる。しかし、それについている
ボタンを押すことは、ためらった。

最初の一回なんだから、大丈夫《だいじょうぶ》だろう。だが、この気やすめを追いかけて、

「第一回目でやられたやつも、あるそうだ」

という地球でのうわさが、まざまざと頭に浮《う》かんだ。彼はまわりを見まわし、このボタンを遠くから押す工夫はないものかと思った。しかし、それをあざ笑うように、

「ボタンは手で押さない限り、絶対にだめですよ」

という、彼に玉を渡《わた》す時の、宇宙船乗務員の言葉が思い出された。おそらく、その通りだろう。そんなことが出来るのなら、この銀の玉の価値《かち》はないのだから。

渇きはつよまった。唾液《だえき》は、さっきからまったく出なかった。もう、がまんはできない。彼は高所から飛びおりる寸前《すんぜん》のような、恐怖《きょうふ》とやけとのまざりあった気持ちで、ボタンにあてた指に力を入れた。

ジーッ。玉は、なかで音をたてた。彼はあわてて、指をはなす。音はやんだ。助かっ

たな。ボタンと反対側の底をちょっと押《お》すと、その部分がはずれて、銀色のコップが出てきた。

コップの底には、水が少しばかりたまっていた。彼《かれ》はそれをみつけ、勢いよく口のなかにぶちまける。もちろん、ぶちまけるといったほどの量はなかったが、からからになっていたのどの渇《かわ》きを、一応はとめた。

彼は舌をコップのなかにのばし、その底をなめようとしたが、それはできなかった。もっとも、とどいたとしても、一滴《てき》あるかないかの程度だ。彼はカチリと音をさせて、コップをもとにおさめた。

そうそう、そんな調子でいいのよ。もっと、飲みたいんじゃないの。銀の玉は笑いかけるように、ふるえる彼の手の上で、きらきら光った。

遠く地平線のかなたから、爆発《ばくはつ》の音が伝わってきた。

銀の玉は、直径約三十センチ。表面には、たくさんの細かい穴《あな》があいている。押しボタンがひとつ、その反対側には、コップのさし込《こ》み口。ボタンを押せば水がそのコップにたまる。

これは空気中の水蒸気《すいじょうき》分子を、強力に凝結《ぎょうけつ》させる装置《そうち》なのだ。人工サボテンとも呼《よ》ばれている。この星を旅行する者には、なくてはならない装置だった。しかし、文明の利器には、かならず二通りの使い方がある。彼の持っている、また、いまこの星の上にいるすべての者が持っているこの銀の玉は、処刑《しょけい》の機械なのだ。もちろん、水は出る。しかし、ある回数以上ボタンが押されると、内部の超小型原爆《ちょうこがたげんばく》が爆発し、三十メートルの周囲のものを一瞬《いっしゅん》のうちに吹《ふ》きとばす。

その爆発までの回数は、だれも決して知らされないのだった。

だれか、やったな。男は反射的《はんしゃてき》に手の銀の玉を砂《すな》の上におろし、二、三歩はなれた。しかし、ボタンを押さない時に爆発することは、ないのだ。彼はこれに気がつき、それ以上はなれるのをやめた。しかし、玉をまともに見る気も、しなかった。渇きは、いくらかおさまっていた。

これから、いったい、なにをすればいいんだ。彼《かれ》は立ったまま、見まわしてみた。地平線の近いこの星では、そう遠くまで見渡《みわた》せない。より遠くを眺《なが》めるには、そばにある砂丘《さきゅう》にのぼる以外になかった。

砂丘の上に立つと、むこうに小さな街が見えた。街といっても三十軒《けん》あるかないかの、むかしの西部劇《せいぶげき》にでてくるような、安っぽいものだった。開拓《かいたく》時代のなごりで、住んでいる者がいるはずはなかった。彼のような死刑囚《しけいしゅう》にめぐり会える可能性も、こんな街では少ない。

しかし、ここにぼんやりしているのも、いたたまれない気持ちだ。死を見つめながらじっとしているより、なにか気をまぎらす、くふうをしたほうがいい。それには、あの無人の街にいちおう目標をたてて、歩いてみるのも一つのやり方だろう。道路は砂丘のすそを通って、その街にのびていた。

あの街まで、行ってみよう。彼は、銀の玉をとりにもどった。

あたしを、置いて行くつもりじゃないでしょうね。

玉は、砂《すな》の上で待っていた。穴《あな》のたくさんあいた玉の表面は、きらきらと光り、それの持ち主のその時の気分を反映《はんえい》して、表情を作るように見えるのだった。彼は玉を抱《かか》え、砂丘を越《こ》え道路に下りた。舗装《ほそう》された道路は、ところどころ砂でうずまりかけ、歩きにくい所もあったが、彼はそれをつたって街をめざした。


ちくしょう。なんで、こんなことになったんだ。しかし、この文句《もんく》は、それ以上つづかなかった。わめいてみたって、なんの役にも立ちはしない。彼はたしかに人を殺したのだし、殺人者がここで処刑《しょけい》されることは、地球上のメカニズムのひとつなのだ。

その動機や理由などは、問題でなかった。殺すつもりでなくても、殺すつもりであっても、殺された側にとっては同じ事なのだから。地球の重さに匹敵《ひってき》するとまでたとえられた、個人の生命。それを奪《うば》った者が、許されていい理由はない。

それに、たとえ弁解する機会が与《あた》えられても、多くの者には、なんとも説明のしようがなかった。彼もまた同じだった。しかし、説明はできなくても、原因はあった。それは衝動《しょうどう》とでも呼《よ》ぶべきものだった。

朝から晩《ばん》まで単調なキーの音を聞き、明滅《めいめつ》するランプを見つめているような仕事。それの集った一週間。それの集った一カ月。その一カ月が集った一年。その一年で成り立つ、一生。

しかし、それに対して、不満をいだきはじめたら、もう最後なのだ。逃《に》げようとしても、行き場はない。機械はそのうち、そのような反抗心《はんこうしん》を持った人間を見ぬき、片《かた》づけてしまう。片づけるといっても、機械が直接に手を下すわけではない。その人間に、犯罪を犯《おか》させるのだ。

いらいらしたものは、少しずつそんな人間のなかにたまる。酒やセックスでまぎらせるうちは、まだいい。麻薬《まやく》に走るものもでる。麻薬を手にいれることのできないものは、どうにも処理《しょり》しようのない内心を押《お》さえ切れなくなって、ちょっとしたことで爆発《ばくはつ》させる。傷害《しょうがい》だ。そして、彼の場合は、殺人となってしまった。だから殺人は計画的でもなく、

121 処　刑

うらみとか、金銭とか、嫉妬《しっと》といったもっともらしい動機があるわけでもなかった。したがって、ここ赤い惑星《わくせい》の囚人《しゅうじん》には、被害者《ひがいしゃ》の顔をおぼえていない者さえ多い。彼《かれ》もそうだった。

しかし、いずれにしろ、殺人は殺人だ。

このように、機械にむかって対等、あるいはそれ以上につきあおうなどとの考えを持った人間は、まんまと機械の手にのり、裁判所《さいばんしょ》に送られる。裁判所の機械は冷静に動き、決して誤審《ごしん》のない、正確きわまる判決を下す。脳波《のうは》測定機、自白薬の霧《きり》、最新式のうそ発見機は、くみ合わされた一連の動きをおこなって、たちまちのうちに、事実を再現してしまうのだから。

「おれには、人間性がないのか」

このようなありふれた反問に対して、機械は人工の声で、ゆっくり答える。

「被害者のことを、考えてみよ」

そして、明白な事故と正当防衛の場合を除《のぞ》いて、殺人犯はすべてこの星に送られ、銀の玉に処刑《しょけい》をまかされるのだった。

ほぼ百パーセントに近い検挙率《けんきょりつ》のなかでも、犯罪は絶《た》えなかった。巧妙《こうみょう》な粛清《しゅくせい》。機械と共存《きょうそん》のできない者、動物的衝動《しょうどう》を持つ者を整理しようとしているのかもしれない。したがって、皮肉にもここに送られてくる者は、生命に執着《しゅうちゃく》する心が強かった。

ちくしょうめ。彼は不満をなにかに集中して、憎悪《ぞうお》したかった。しかし、機械を憎悪することは、できるものではない。ひとりでも人間が裁判官の席にすわっていたのなら、それを心に描《えが》いて憎悪し、いくらか救いにできたかもしれない。

しかし、そう都合よく行くようには、なっていない。彼のやり場のない不満は、からだから発散しなかった。これも処刑を、一段《いちだん》と苦痛《くつう》の多いものとするために考えられた、手段《しゅだん》のひとつかも知れないのだった。


のどが、ふたたび渇《かわ》いてきた。地球より酸素の少ない空気のため、より多くの呼吸《こきゅう》をしなくてはならなかったし、湿度《しつど》の少なさは、そのたびに水分をからだから奪《うば》い去っていた。水が飲みたい。鼻の奥《おく》やのどに、熱した塩をつめ込《こ》まれているようだった。男は抱《かか》えている玉を、ちらと見た。

早くボタンを押《お》したら。

冷たいこびを含《ふく》んで、笑ったように見えた。昔のマタハリとかいう女スパイのウインクは、こんな感じだったのかな。彼《かれ》は、つまらんことを連想したものだと、苦笑した。

街は近くなっていた。あの街までは、水を飲むまい。彼はそうきめて、水を節約するてだてとした。それに、あそこには、なにかあるかも知れないのだ。いま爆死《ばくし》するより、街を見てから死んだほうが、後悔《こうかい》も少ないように思えた。彼は細い細い管で息をつくようにあえぎながら、街に入った。

家々は道の両側に、十軒《けん》ぐらいずつ並《なら》んでいた。だが、まっさきに彼の目をとらえたのは、そのまんなかあたりの右側の一軒が飛び散り、壊滅《かいめつ》した跡《あと》だった。思わず、足が止まった。

だれか、前にここでやられたやつがいる。おそらく、その男も、砂漠《さばく》を通ってこの街にたどりついたのだろう。なにかここに、絶《た》えまない死の恐怖《きょうふ》から救ってくれるものがないかと思って。

一軒一軒を見まわったあげく、それとも、ついたとたんだったかもしれないが、この家のベッドの上か、椅子《いす》の上か、あるいは家の前のふみ石の上かで、最後の水を飲もうとしたのだ。一軒の家はこなごなになり、両どなりの家もあらかたこわれ、道をへだてたむかいの家のガラス窓《まど》は、めちゃめちゃになっていた。

男はその跡を見つめながら、立ちつくした。考えまいとしても、自分をそこにおいた想像をしないでは、いられなかった。考えをそらそうとしても、それはできなかった。夕ぐれが迫《せま》って、彼の影《かげ》が家の破片《はへん》のとび散った空虚《くうきょ》な街の、道路の上に長く長く伸《の》びるまで。

赤味をおびた砂漠の上を走って、沈《しず》みかかった太陽の光は、その家並《いえな》みの欠け目から彼の顔にまともにあたり、赤くいろどった。渇《かわ》きをふたたび激《はげ》しくよびさまされ、彼は玉を見た。銀の玉も、あざやかな赤に燃えていた。

どう。

玉は、彼《かれ》に誘《さそ》いをかけた。この時は、いつもの冷たさが感じられなかった。よし。男は前に進み、こなごなになったスレートや不燃建材《ふねん》などの、破片《はへん》の上に立った。砂漠《さばく》を横切る真赤な夕日の光、だれもいない街。いまなら、死ねそうな気もした。地球の文明に調和できなかった彼にとっては、むしろ、すばらしい死に場所だった。彼は太陽にむかい、立ったままボタンにふれた。以前にここで死んだ、だれともわからぬ男に、親しみのような感情をもいだいた。いまだ。思い切って、ボタンを押《お》した。

ジーッ。玉は小さなうなりをあげたが、彼は夕日を見つめ、もう少しの辛抱《しんぼう》だと、指の力を抜《ぬ》かなかった。音は止まった。コップに、水が一杯《いっぱい》になったのだった。

男はわれにかえって、思わずコップをはずした。冷たい水でふちまでみたされたコップが、重く手の上にある。もう考える余裕《よゆう》もなく、口にぶつけた。

コップは歯にあたり、水が少しこぼれ、口のなかにはいった水も、はれあがったのどをうまく通らず、逆流《ぎゃくりゅう》してくちびるからあふれた。彼はそのあふれた水を、ふるえる手でコップにうけとめ、落ちつきをとりもどしながら、あらためて、少しずつ口に含《ふく》み、飲み下した。のどを通り、食道を下り、胃にはいり、からだじゅうにしみ渡《わた》って行く水をはっきりと感じた。

コップをさかさにして、しずくを口のなかに落し終ると、さむけを覚えた。太陽が沈《しず》みきり、夜がしのび寄《よ》ったらしく、冷たい風があたりにうごめいていた。

彼の、ほんの少し前までの死を受け入れてもいいような気がまえは、まったく消え去っていた。生への執着《しゅうちゃく》、死の恐怖《きょうふ》、いまの瞬間《しゅんかん》を生きて通り越《こ》せたという安心感が、どっと押しよせた。立っている家のくずれ跡《あと》から、えたいのしれぬものがそっと起き上がりはじめたような戦慄《せんりつ》で、とりはだが立った。

彼は道路にとびのき、はいってきたのと反対の方に、早足で歩きかけた。道はふたたび、砂漠にのびていた。防寒にも充分《じゅうぶん》な服だから、寒さを心配することはない。だが、人間味のかけらさえない砂漠に、さまよい出る気もしなかった。

しばらくたたずんでから、男は街のいちばんはずれの、飛び散った家と道をへだてた反対側の家の、ドアを引いた。鍵《かぎ》はかかっていなかった。ドアが開くと発電装置《そうち》が動いて、その家の灯《ひ》がいっせいについた。

黄色味をおびたやわらかい光が、かつてこの家の住人たちを照らしたと同じ光で、部屋じゅうを明るくし、久しぶりの客を迎《むか》えいれた。机《つくえ》、椅子《いす》、そして床《ゆか》の上に、うっすらとほこりがたまっている。彼《かれ》は本能的に台所の方角を察し、ドアをあけた。ステンレス製の流し台の上には、蛇口《じゃぐち》が。

蛇口に手をかけた。しかし、それは回らなかった。力をこめる。やはり動かない。彼は蛇口をあらためて見なおし、苦笑した。それはすでに、口がいっぱいにあけられていたのだった。

当然のことだろう。この星が処刑地《しょけいち》に定められて住民たちが地球に引きあげる際に、造水装置は完全にとり除《のぞ》かれていたはずだ。だから蛇口からパイプを伝って、家じゅう、そして街じゅうを調べてみたって、その端《はし》にはなにもないのだ。

部屋にもどり、彼は椅子にかけた。さっき机の上に投げ出しておいた、銀の玉に目をやる。

　あたしがいるのに、つまらないことを考えないでよ。

　そう言っているように、黄色い灯の下で光っていた。

　疲労《ひろう》するほど動きまわったわけでもないのに、からだのなかには重い疲労がつまっているのを、感じた。また、いったん渇《かわ》きのおさまったいまは、たまらない空腹《くうふく》をおぼえた。

　腰《こし》につけていた袋《ふくろ》をあけ、男は赤い粒《つぶ》をひとつ取り出した。これをコップ一杯《ぱい》の水にとかせば、一食分の食料になる。彼は机の上で袋を全部あけ、粒を数えようとしたが、またしても、これを渡《わた》す時の乗員の無情な声が、よみがえった。

「数えてみたって、参考にはなりませんよ。ひとり百粒ずつと、きまっているんですから」

　彼は、そのとき聞き返してみた。

「百食分が、限度なんだな」

「そうとも限りませんね。街には、どこにでも、たくさん残してありますよ。足りなくなったら、それを使うんですね。もっとも、それまでもつかどうかは、なんともいえませんが」

爆発《ばくはつ》までの回数は玉によってそれぞれちがい、乗員だって知らないことだった。この家の食品箱をさがせば、これと同じ赤い粒《つぶ》はあるだろう。さがし出してみても、いまは同じことなのだ。

おなかは、すかないの。

銀の玉は、今度は食欲《しょくよく》で誘惑《ゆうわく》した。空腹感《くうふくかん》がつのっているにもかかわらず、唾液《だえき》は少しも出なかった。水、そして食物。彼《かれ》は期日の知らされていない処刑《しょけい》の日まで、この二つで苦しみつづける以外にないのだった。

玉に近より、男はボタンにふれた。空腹のほうが、がまんしやすいのだぜ。いいのか。この考えが頭にひらめき、ボタンは押《お》せなかった。しかし、この時、ひとつのことを思いついた。あそこで押そう。さっきのこわれた家の跡《あと》。さっきは、幸運にもパスしたところ。一回、爆発があった跡なら二度と爆発は起らない、そんなジンクスがあるような気がしたからだ。

　自分で勝手に作り出したこのジンクスに、すがりつく気持ちで、道に出た。もちろん、ほかの家は灯《ひ》ひとつついていず、黒い家々が並《なら》んでいた。風はあまりなかった。彼はこのジンクス以外に考えないように努め、さっき逃《に》げ出した家の崩《くず》れ跡に立ち、すぐにボタンを押した。

　ジーッ。過去の人生のすべてが恐怖《きょうふ》のうちに一回転し、音のなり止《や》むまで、その回転をつづけた。

　ほっ。深いため息がでた。コップの口までたたえられた水は、この星の小さな月をひとつ浮《う》かべていた。こぼすといけない。彼は一口すすり、ゆっくり灯のついている家まで運んだ。月は水面に浮かんだまま、家の入口までついて来た。

　銀の玉を椅子《いす》の上に置き、赤い粒をそれに入れた。粒はとけ、かすかな音とともに泡《あわ》を出し、水を黄色に染《そ》めた。そして、表面に緑の膜《まく》が浮かぶと、出来上がりとなるのだった。

それを、口に流し込《こ》んだ。クリーム状になった液は、ゆっくりと口のなか、ほほの内側、歯のあいだ、舌の上などすみずみまで、さわやかな味を行きわたらせ、のどから胃にはいって、活気をからだじゅうによびさましはじめた。からい味の種類ではなかった。そこまでは、残酷《ざんこく》ではないのだな。彼《かれ》はそんなことを考えながら、残りを飲みほした。

生きているという実感と、生きていたいという欲望《よくぼう》が、つぎつぎとわき出し、彼はそれを持てあました。眠《ねむ》れるかどうかはわからなくても、眠ろうと試みる以外に、その処《しょ》理《り》方法は考えつかなかった。

室内のすみには横になれそうな長椅子《ながいす》もあったが、男は階段《かいだん》で二階にあがってみた。ドアの少し開いている部屋をのぞくと、ベッドがあった。ほこりは、下の部屋ほどたまっていなかった。

ここで寝《ね》よう。彼は万一、本当に万一、玉の盗《ぬす》まれる場合を想像して、玉を運んでベッドのそばの椅子においた。その部屋にラジオをみつけ、スイッチを入れた。こわれていそうになかったが、ダイヤルをどんなに回してみても、雑音ひとつ出なかった。彼はベッドに横たわって、玉をちらっと見た。

もう、ねるの。顔でも洗《あら》わない。

とんでもない。地球ではあきあきし、惰性《だせい》のようになっていた習慣。寝る前のシャワーや口のすすぎが、どんなに貴重《きちょう》だったか、痛切《つうせつ》に思い知らされた。彼はベッドについているスイッチで、部屋の灯《ひ》の全部を消した。

弱い月の光がさし込んでいたが、彼にまでは当らなかった。男は窓《まど》から空を見た。星がまたたき、そのなかには青い星があった。地球では見ることのできない、唯一《ゆいいつ》の星。それは地球だった。

青い星。海の色だった。地球は水の星だ。彼は海にとび込みたかった。雨。長い雨も不意の夕立も、またひどい暴風雨《ぼうふうう》も、この赤い星にはまったくない。そして、雪、氷。北極と南極。どっちが北極だろう。だが、青い星の上に、見当はつけられなかった。

この星の水はすでになくなっていた。極にあった水はすべて分解され、酸素となって空中に散っていたし、水素はエネルギー源《げん》として使いつくされていた。開拓《かいたく》時代には、なにしろ酸素が最優先《さいゆうせん》で作られていたのだ。ここの水は空気中にわずかに残り、高い空で時たま雲になっても、決して雨となって降《ふ》ってくることはない。銀の玉を使わない限り、この星の上では、液体の水を得る方法はほかにない。その銀の玉も、ここではもう作りようがなかった。内部に含《ふく》まれる触媒《しょくばい》には、地球でしか採《と》れない元素を使うのだから。

ちくしょう。地球め。彼《かれ》は地球を、彼をこんな破目《はめ》に追いやった文明を、心の底からのろい、なんの役にも立たなくても、あの青い星めがけて憎悪《ぞうお》の念を集中してやろうと思った。しかし、青は、すぐ水を連想させ、雨、雪、霧《きり》、しぶき、流れ、あらゆる種類の豊富な水に連想が飛び、それは出来ないのだった。

これも、計算された処刑《しょけい》の一環《いっかん》なのだろうか。地球は静かに平和に輝《かがや》いていた。彼のような動物的衝動《しょうどう》を起す者をつぎつぎと粛清《しゅくせい》しつづける地球は、ますます平和になるだろう。彼がどんなに強く念じ、どんなに長く見つめていても、あの星に核戦争《かくせんそう》がおこり、急に輝きを増す可能性など、ないのだ。

男は疲《つか》れていた。玉をおいた椅子《いす》に背《せ》をむけているうちに、いつとはなしに眠《ねむ》りにおちた。それを待っていたように、悪夢がおそった。だが、疲《つか》れは目をさまさせず、悪夢は朝まで、彼を苦しめつづけた。

朝。目をさました男は、二階のバルコニーに椅子を運び、通りを眺《なが》めた。家じゅうをさがせば、化粧《けしょう》道具や電気カミソリがあるかもしれないが、そんなのを使う必要はなかった。すがすがしい朝。乾燥《かんそう》した空気はひんやりとしていた。しかし、それはほんのひととき。まもなく、たえがたい日中の暑さになるのだった。

街にはことりという音も、虫の飛ぶ羽音もなかった。動くものといえば、彼のほかにはなにもなく、音をたてる可能性のあるものは、彼の銀の玉以外ないのだ。だれか、話し相手はいないだろうか。その時、玉はきらりと光った。

あたしじゃ、不満足なの。

かっとなった彼《かれ》は、バルコニーの床《ゆか》の上の玉を、軽くけった。玉はころがり、音をたてて舗装《ほそう》された道に落ち、さらにころがって、むかいの家にぶつかって止まった。

しまった。こわれたか。残忍《ざんにん》さをいっぱいに秘《ひ》めた玉でも、こわれると困《こま》るのだ。男は階段《かいだん》をかけおり、道にとび出して玉を拾いあげた。べつに見たところ、変化はなかった。こわごわゆすってみた。なにも音はしなかった。ボタン。しかし、指をあてると、なまなましく恐怖《きょうふ》がよみがえった。これは試みなんだ。故障《こしょう》の試験なんだ。いいだろう。高まる動悸《どうき》のなかで、祈《いの》りながらちょっと押《お》した。音がない。こわれたのかな。少し力を入れて、もう一回押した。

ジーッ。音だ。あの、いやな音だ。彼は耳を押さえたくなり、指をはなした。玉はこわれていなかった。玉は、容易にこわれるものではないのだ。上空から落しても、内部の緩衝装置《かんしょうそうち》は耐《た》えるのだった。それに、この星の上に残っているどんな器具を使ってこじあけようとしても、ほとんど不可能に近いほど、きわめて丈夫《じょうぶ》な金属《きんぞく》で包まれていた。

かつて技術者上がりの冷静な犯罪者が、この星でこじあけようと全知能を傾《かたむ》けて試みた話は、うわさとなって地球にも伝えられていた。ありあわせの器具を使って慎重《しんちょう》に進められたその計画は、いちおう成功した。だが、そのとたんに玉は爆発《ばくはつ》したのだった。もっとも、その男は遠くはなれて巧妙《こうみょう》に作業をおこなったので、死ぬことはまぬかれた。

しかし、その成功はなんの意味もなかった。それまでは死の恐怖を代償《だいしょう》とすれば水が得られたのに、もはやなにをなげだそうと、水は得られない。ひとの玉を盗《ぬす》もうとしても、他の連中は、この時だけは必死に協力して、こばんだのだった。つぎの日にそいつは胸《むね》をかきむしり、自分の腕《うで》をかみ切り、血をすすりながら死んだ。この話を地球の善《ぜん》良《りょう》な人間は、楽しげに聞いた。しかし、この星から戻《もど》った者はないのだから、だれかが作った話かも知れない。いずれにせよ、玉の丈夫なことだけは、たしかだった。

コップの底に少したまった水を、彼はすぐさま飲みほした。

その日は、夕ぐれまで街にいた。渇《かわ》きが耐えきれなくなると、こわれた家の跡《あと》にいって戦慄《せんりつ》しながらボタンを押し、水を飲むとふたたび、生への執着《しゅうちゃく》をとりもどす。あとはバルコニーの椅子《いす》にすわり、焦躁《しょうそう》と不安のなかで、どこまで近づいてきたかもわからぬ死の影《かげ》のことについて、思いをめぐらすのだ。太陽が道を真上から照らし、そして少し傾《かたむ》き、彼《かれ》が日かげから追い出されるまでに四回くり返した。

爆発《ばくはつ》までの時間は、なにが基準となっているのだろう。犯罪の程度だろうか。それなら、重い犯行のほうが短い時間で爆発するのだろうか、それとも、長く苦しめるため長い時間なのだろうか。落ち着いて考えられない頭では、すぐここで行きづまり、同じところで、堂々めぐりをはじめる。しかし、たとえ落ち着いて考えてみても、わかるはずは、ないのだ。

午後、男は気分を変えようと、街じゅうの三十軒《けん》近い家々を、たんねんに調べた。だが、なにも、めぼしい物はなかった。家々に残っていた物のようすから察して、この近くにかつてウラニウム鉱があって、その採取員たちの住んでいたことがわかった。しかし、それもまた、いまの彼にとって、なんの意味もなかった。ウラニウムがあったって、どうということもないし、地下水のないこの星では、穴《あな》が残っていても、水のあるはずもなかった。

家々の台所も、くわしく調べた。安心して飲める、一杯《ぱい》の水でもあるかと思って。しかし、戸棚《とだな》には乾燥《かんそう》食料がつまっているだけ。そして、最後の一軒の台所の、戸棚をあけた。

彼の目の前の二本のびん。一本は黄色で、一本は茶色。彼は黄色のびんに手をのばしたが、ふるえる手ではうまくつかめず、びんは床《ゆか》に落ちて割《わ》れた。ベンジンのにおいが、たちまちのうちに、部屋じゅうにみちた。彼はもう一本を、しっかりにぎった。有名な食料品会社のマークがあった。だが、その下のレッテルの文字。濃厚《のうこう》ソース。彼は床にたたきつけた。どろりとした液が、床にひろがりはじめた。

力なくその家を引きあげようとして、男は壁《かべ》の地図を見つけた。家の標識を調べ、手紙のくずをさがし出したりして、いまいる場所を地図の上に求めた。だが、それを知ったところで、一刻《いっこく》の休息をも与《あた》えないこの責苦《せめく》を逃《のが》れる、なんのたしにもならないのだった。

彼《かれ》は玉の待っている、もとの家にもどった。

これから、どうなさるの。

つぎの街に、行ってみるさ。もうこれ以上、この街にいるのも、たまらなかった。彼は玉をかかえ、その街を出た。ふりかえると、街は沈《しず》みかけた夕日を受けて、小さく赤く燃えていた。街はやがてべつな人間がやってくるまで、無人のまま待ちつづけるのだ。

日は沈み、星々は数と輝《かがや》きをました。曇《くも》る日のないこの星では、星々の光と小さいながら二つある月の光で、夜でも道を見失うことはなかった。遠い砂丘《さきゅう》の起伏《きふく》に目をやり、また星座《せいざ》を見あげ、歩きつづけた。地球だけは、なるべく見ないようにした。しかし、銀河《ぎんが》はミルクの流れとなり、他の星々もジョッキの形、噴水《ふんすい》の形、酒びんの形に星座を作り、月は小さなブランデーグラスとなって、彼を悩《なや》ました。

一杯《いっぱい》いかが。

腕《うで》にかかえている玉からは、誘惑《ゆうわく》の感触《かんしょく》が彼に伝わった。男は道ばたに腰《こし》をおろし、ひざの上に玉をのせた。空を見あげ宇宙《うちゅう》の壮大《そうだい》さをつとめて考え、指をボタンに当てた。

指はなかなか動かなかった。

早く押《お》したら。

玉は冷たく、星の光できらめいた。彼はふたたび宇宙の壮大さを考え、やっと決心をつけて、ボタンを押せた。

むかしの死刑《しけい》なら、一回だけ死の覚悟《かくご》をすればよかったが、この玉は、何回も何回も死の覚悟を求める。それに、むかしのは、むりやり他人が殺してくれたが、この方法によると、必ず来る、いつとも知れない期日を、自分で早めてゆくのだった。

彼は精神を疲《つか》れはてさせて、一杯の水を得、また夜の道を歩きつづけた。あけがた近く、地平線に小さな閃光《せんこう》を見た。しばらくして、爆発音《ばくはつおん》がかすかに聞こえた。

太陽はこの星の反対側をまわり、ふたたび地平線にのぼってきた。夜の闇《やみ》をはらいのけ、空の星を消し去り、朝がおとずれた。

男は道のかなたに、一軒《けん》の家をみつけた。ガソリンスタンドだった。そのガラスは砕《くだ》け散っていた。道をへだてた反対側の、一軒が飛び散っていたのだ。彼はその跡《あと》に、歩み寄った。そして、ふしぎなことに気がついた。

崩《くず》れた家の跡《あと》のまん中にある、一カ所のくぼみ。なんだろう。そのうち、彼《かれ》の顔色は変った。二重の爆発《ばくはつ》。だれでも、爆発の跡は安全といったジンクスを、作りあげてしまうのだった。そんなひとりが、飛び散ったことを示す跡。

彼は空腹《くうふく》だった。ガソリンスタンドのなかに入って、うずくまった。夜どおし、なにも食べていなかった。またも、何回もためらって、ボタンを押《お》した。もう玉の出す音だけは聞きたくなかったので、靴《くつ》をぬぎ、両手で耳を押《おさ》え、目をつぶって足の指で押してみた。

人体を識別する能力をそなえたボタンは、足の指でも、これまでと同じく動いてくれた。音はかすかにはなったが、いっそう無気味に、からだに響《ひび》いた。彼は赤い粒《つぶ》をなげこみ、腹《はら》をみたし、倒《たお》れて眠《ねむ》った。夢はなかった。

午後おそく、目がさめた。のどは、依然《いぜん》として渇《かわ》いていた。建物をさがすと、スクーターがみつかった。このむこうで飛び散ったどっちかの人物が、どこからか乗ってきたものだろうか。いてもたってもいられない気分にかられ、事故で死ねることを祈りながら、すっとばしてきたやつ。そして、ここで。

そんな想像を彼は打ち切り、その修理をはじめた。夜になると、ランプをつけてつづけた。朝になって地下室を調べると、ガソリンの缶《かん》があった。これに火をつけようか。だが完全で確実な死に、ふみ切れるものではなかった。彼はガソリンをスクーターに注いだ。

あたしにまかせておいたほうが、安全よ。

玉はささやいていた。

男はスクーターの前のかごに玉をのせ、そこをあとにした。速力をしだいにあげた。このスクーターの、以前の持ち主がやったのと同じに。早く、早く。だが、急ぐ目的があるためではなく、それ以外にすることがないのだった。

死のことを忘《わす》れることはできなかったが、風を受け暑さを少しまぎらせた。砂漠《さばく》にはさまれた道路に、事故を起す原因となるものはない。事故死も許されないといえそうだった。時どき、ほんの時どき、道のへこみで車がはねた。玉はそのたびに少しとび上がり、楽しそうにゆれていた。

彼《かれ》は、不意にブレーキをかけた。道ばたに光るもの。銀の玉だった。そのそばの人骨《じんこつ》。病気にでもなったのか、寿命《じゅみょう》のつきるまで爆発《ばくはつ》がこなかったのかは、まったくわからなかった。彼はかけより、玉を拾った。

しめた。もうかった。だが、ボタンを押《お》そうとすると、考えないわけにはいかなかった。これだって自分のだって、可能性は同じなのだ。この持ち主が爆発を予感し、渇《かわ》きをたえぬいて、死んだのかも知れない。いまこれを拾い、二つ持ったところで決して、二倍の役に立つわけでない。安全性もふえない。それどころか、拾ったことで、いま持っている玉の価値《かち》を、なくしてしまうかもしれないのだった。

彼は玉をおいた。砂《すな》に浅い穴《あな》を掘《ほ》り、骨《ほね》を入れた。幸運なやつか、不幸なやつか。彼はちょっと頭を下げ、そばに玉を入れ砂をかけた。将来《しょうらい》、長い年月ののち、ここが処刑《しょけい》地でなくなってから、ふたたび、この玉の掘り出されることがあるだろうか。この玉の性質を、まったく知らない者によって。

だが、彼はそれ以上、このくだらない空想をひろげることをしなかった。彼の生命はのどが渇き切るまでであり、音が無事にひびき終ったら、また新しく生まれ変り、つぎのわずかな生命を持つのだ。この短い生命のあいだには、そのつぎの生命のことを考える余裕《よゆう》などない。だから、とほうもない将来の空想をひろげる能力は、まったくなくなっていた。彼はスクーターにもどって、始動させた。そのゆれで、玉はうれしそうにはね、踊《おど》りまわった。

へんな玉を、つれ込《こ》まないでくれたのね。

男はしばらくゆっくり走らせていたが、また、しだいに全速にあげた。それでもハンドルを持つ手は決してあやまちをせず、幸運な事故は、おこりそうもなかった。彼は人体の、このしくみをのろった。

またも、夜が来た。男は道ばたで、横になった。服のえりをたてると、そう寒くはなかった。星を見あげ、銀河《ぎんが》を眺《なが》めた。水。それから、さっき埋《う》めてきた玉のことを考えた。

地球への反抗《はんこう》として、あの玉を使ったほうがよかったかな。しかし、彼《かれ》の感情は、そうではなかった。あんまり後悔《こうかい》はわかなかった。なぜだろう。やっぱり、自分の玉のほうがいいのだった。すでに何回も生死をともにした玉。最初の憎悪《ぞうお》も、一種の愛着のようなものをおびはじめたのだろうか。彼は玉を、スクーターから持ってきた。

そばにおいてくれるの。

玉は空の星の光を集め、彼にウインクしてみせた。男は玉をだいて、横になった。

ふと、女性のことが、頭に浮《う》かんだ。ここにおろされてから、はじめてだった。この絶《た》えまない神経《しんけい》への責苦《せめく》では、そんなことを考える余裕《よゆう》など、なかった。この星に女性はいないのだった。女性は機械とも平然と調和できるので、われわれのようにはならないのかな。彼はそんな風に考えているうち、この星の上で許された唯一《ゆいいつ》の救い、眠《ねむ》りにはいった。

悪夢ではなかった。バラ色の夢だった。女性がいた。彼は朝まで、その女性とたわむれていた。ふざけあい、乳首《ちくび》をつついて、きゃあきゃあ叫《さけ》ばせ、わけもなくさわいだ。だが、どうしてもキスだけはさせてくれなかった。

ふたたび朝。男は暑さで目をさますと、玉をだいたまま道ばたに横たわっていた。しかし、玉のようすが、変だった。底を調べると、コップには水が一杯《いっぱい》にたまっていた。寝《ね》ているあいだに、ボタンを押《お》していたのだった。彼は玉を軽くなで、よごれをふいてやり、コップの中に赤い粒《つぶ》を入れ、恐怖《きょうふ》なくしてはじめて得た、一杯を飲んだ。だが、こんなことは、もう終りだろう。見ようとして夢を見ることは、できないのだから。

楽しいめざめではじまった一日も、たちまちもとに戻《もど》った。彼は暑さの道を走り、時どき停車し、玉を憎悪し恐怖し、戦慄《せんりつ》してその絶頂《ぜっちょう》を越《こ》え、水を得るということをくり返した。

その日、彼は道を歩いてくる、ひとりの老人に会った。少しはなれてブレーキをかけ、声をかけた。

「やあ……」

危害《きがい》を加えてくるかもしれないと、彼《かれ》は目をその老人から離《はな》さなかった。悪人であるとはいえなくても、彼と同じく人を殺した犯罪者であることは、まちがいないのだから。しかし、その老人は彼が見えるはずなのに、気がつかないようすだった。そのまま、すれちがってしまいそうになった。彼は肩《かた》に手をかけた。老人は止まった。たいした年《ねん》齢《れい》でないのかもしれないが、顔つきは、あきらかに老人だ。ひげののびた顔の目は、あらぬ方角をみつめていた。

狂《くる》っているな。彼はあわてて手を放した。自分の近い将来《しょうらい》を、見たような気がした。まもなく、こうなるのだろうか。そのほうが、幸福なのだろうか。こうなっても、やはり死の恐怖《きょうふ》は残るのだろうか。その老人の歩みつづけるのを見送っているうちに、なにかなすべきことがあるような気がし、それを思いついた。

そうだ。やつをおどかして、水を出させよう。思考を失っているのなら、案外やるかもしれない。彼はあわててあとを追い、前にまわって言った。

「そのボタンを押《お》せ」

老人はゆっくり、ボタンに指を当てた。彼はあわてて四十メートルばかりかけ、耳をふさいで伏《ふ》せた。もういいだろうな。彼は目をあげて見た。老人は手招《てまね》きしていた。なんの意味だ。彼はためらいつつ近よった。老人は、めんどくさそうに言った。

「おい、新入りだな……」

口調はまともだった。そして、表情を変えずに、言葉をつづけた。

「……つまらんことを、考えるなよ。もっとも、最初は仕方がないかな。おれも、そうだったんだから……」

老人はしゃべりながら、道ばたにすわった。

「……おまえさんも、いまにこうなるさ。なに、すぐだぜ。ひとに水を出させる。こいつは、うまい考えだ。だが、できっこない話さ。三十メートルはなれて待っていて、それで出た水が、三十メートルかけ戻《もど》るあいだ、残っていると思うかね。どんなおどしかたをしたって、だめさ。渇《かわ》き以外の苦痛《くつう》なんて、この星にはありゃしない。それに、ひとに殺してもらえればと、だれだって考えているんだからな。地球で自殺寸前《すんぜん》までいっていたやつだって、ここじゃあ自分では死ねないんだ。殺してくれるやつも、いないんだ。地球で、ひとを殺してきた連中ばかりなのにね。苦しむ仲間が一人でも多いほど、気が楽なものさ」

「…………」

「催眠術《さいみんじゅつ》をかけようとしたって、むりだ。こればかりはという警戒《けいかい》の壁《かべ》を破る催眠術はないし、また、なんとかかけたところで、あのジーッという音には、術を中断させる作用があるらしいぜ。まったく、うまく出来ていやがる。どんな方法を使っても、ひとに押《お》させるわけには行かないんだ。まあ、それだから、いまもって、この玉が使われているんだろうがね」

「…………」

「だれも来た当座《とうざ》は、さっきのようなことをやってみる。それから、やけを起してみるやつもある。だが、やけなんて起してみたって、たかが知れている。それに、そうつづくものではないんだ。事故で死にたいと、思ってみる。しかし、ここには殺人もなければ、事故もない。地震《じしん》もなければ、火事もない。台風や洪水《こうずい》なら、お願いしたいくらいだ。交通事故は、ごらんの通りさ。おあいにくさまだね。あるものはただ一つ。眠《ねむ》っているあいだにとなりの部屋で、どかんとなってくれることだけだ。だが、これもうまくはいかない。やはり、おたがいに調べてしまうんだ」

「…………」

「それから。ああ。もうめんどうくさい。けっきょく、頭のなかに残った一点をみつめ、その一点にしばられて生きているのさ。それがなんだかは、知るものか。銀の粒《つぶ》かも知れないぜ。ああ。むだなことをしゃべったな。だが黙《だま》っていれば、おまえさん、どこまでつきまとってくるか、わからなかったからな。あばよ。のどが渇《かわ》いた。水を一杯《ぱい》くれるかね」

彼《かれ》はさっきから、答えようがなかった。老人は、歩きはじめた。彼はその後姿《うしろすがた》に、声をかけた。

「この星におろされて、どれくらいになるんだ」

だが、老人はふりむきもしないで言った。

「知るもんか。わかるもんか」

その通りだった。ここに来てからの時間は、時間ではないのだ。非常に長く、非常に短い、時間とはまったく別のものなのだ。彼《かれ》はスクーターを、のろのろと進めた。

元気がなくなったのね。

銀の玉は、かごのなかで皮肉にゆれていた。

男はいくつかの街を過ぎ、大きな街にはいった。開拓《かいたく》時代には、十万人も住んでいただろうか。そのころは活気にみち、開発だ、研究だ、どこかの衛星だ、小惑星《しょうわくせい》だ、などと動きまわっていたのだろう。だが、地球の天国化のため全部が引揚《ひきあ》げてしまったいまは、哀《あわ》れなものだった。街にはやはりふっとんだ跡《あと》があり、中央の高いビルも上の方がなくなっていた。

彼は街路を、ひととおり回った。そして、十人ほどの人をみかけた。バルコニーの長《なが》椅子《いす》に横になっている者、街をぼんやり歩いている者。家の入口の石に腰《こし》かけている者。しかし、彼がやってきても、だれもなんの反応も示さなかった。彼はちょっと恥《は》ずかしさを感じ、スクーターを止めた。

一軒《けん》の家へはいった。そのはいる前に両側の二軒ずつを調べ、だれもいないことをたしかめ、いつか会った老人の言葉を思い出し、苦笑した。

男は相変らず精神の大ゆれをくり返し、水を飲み、この家のベッドにはいった。何十人かはこの街にいるのだろうが、まったく人のけはいを感じなかった。眠《ねむ》ってまもなく絶叫《ぜっきょう》を聞いたようだったが、それは悪夢のうちかもしれなかった。あけがた近く、大きな爆発《ばくはつ》の音を聞いた。これは悪夢ではなかった。

彼はずっとその街にいた。どこに行っても同じことだ。時間の観念は、とっくになくなっていたから、ここについてどれくらいになったかは、全然わからなくなった。玉をみつめ、最大の恐怖《きょうふ》をくり返した。彼は頭がぼんやりとしてきた。だが、渇《かわ》きと玉のボタンを押《お》す時の恐怖は、最初と少しも変らなかった。音のひびき終るまでにくり返す過去一切の回転は、ますます早くなった。体力がおとろえてきたが、それもまた恐怖《きょうふ》を弱める、なんの役にも立たなかった。

銀の玉は、もう表情を作らなかった。彼《かれ》の内部の表情が、一定したからかも知れなかった。玉の光がましたら終りが近いんだ、と考えれば光をまし、失いはじめたら、と思えば光沢《こうたく》がへり、彼を苦しめるだけだった。彼も街のほかの住民とまったく同じになった。爆発《ばくはつ》の音にも無感動になった。しかし、ボタンを押《お》す時の恐怖は、変らなかった。

いままで爆発しなかったのなら、最初のころ、もっとのんきにしていればよかったと思う。だが、明日まで爆発しないだろうから、いま安心して、とはいかないのだった。

彼はむかし地球にあったという、神のことを考えたかった。しかし、その知識は、なにもなかった。知っていることは、地獄《じごく》についてだけだった。だが、それ以上に悪くなりっこないと保証されている地獄の話は、いまの彼には、うらやましく思えた。

彼はある時、ちょっと街を出て、宇宙《うちゅう》空港まで行ってみた。金属板を敷《し》きつめたひろい空港は、船が発着しなくなってから、長い年月をへていた。その高い塔《とう》の上に、だれかいるのを見た。空港事務所から双眼鏡《そうがんきょう》をさがして、それをのぞいた。その塔の上の人物も双眼鏡で空を見ていた。万一の釈放《しゃくほう》を待っているのか、不時着する船を待っているのか。おそらく、その両方だろう。あいつは、新入りだな。彼は双眼鏡をおいて、街にもどった。

そして、また長い時間。決してあきることのない、真剣《しんけん》な、無限の、まったく同じくり返し。彼が不満をむけた機械文明の、完全きわまる懲罰《ちょうばつ》だった。

また、長い時間。彼は狂《くる》いそうになり、それを待った。しかし、それも許されない。もう、どうにもこうにもならなかった。

また、長い長い時間。ついに、彼は絶叫《ぜっきょう》した。

絶叫。自分のなかのものを全部、地球での不満、この星での苦悩《くのう》を全部、いっぺんにはき出してしまうような絶叫をし終えた。周囲のようすが、少し変っていることに気がついた。なんとなく、すべてが洗《あら》い流されていることに気がついた。玉を見た。玉は表情をとりもどし、見たこともないような、なごやかさをたたえていた。

目がさめたの。同じことじゃないの。

なにが同じなのだろう。ああ、そうか。彼《かれ》はすぐわかった。これは、地球の生活と同じなのだった。いつあらわれるかしれない死。自分で毎日、死の原因を作り出しながら、その瞬間《しゅんかん》をたぐり寄せている。ここの銀の玉は小さく、そして気になる。地球のは大がかりで、だれも気にしない。それだけの、ちがいだった。なんで、いままで、このことに気がつかなかったのだろう。

やっと、気がついたのね。

玉は、やさしく笑った。彼は玉をだいて、ボタンを押《お》した。はじめて、落ちついて押せたのだ。水は出た。彼はそれを飲み、また水を出し、赤い粒《つぶ》を入れて口に流し込《こ》んだ。

部屋を見まわし、ベッドのたえられない汚《よご》れに気がついた。

「よし……」

彼は浴室に行った。ひどいよごれの服をぬぎ、風呂《ふろ》のなかに玉をかかえてすわった。

コップを外し、ボタンを押しつづけた。音も気にはならなかった。むしろ、楽しくひびいた。彼は音を継続《けいぞく》させ、リズムをつけ、歌をうたった。戸をあけ窓《まど》を開き、空気を流れさせ、水を集めた。水は少しずつ、風呂のなかにたまった。

彼は地球の文明に、しかえしできたような気がした。水はさらにたまり、波立ち、あふれた。彼は玉を抱《だ》きしめた。いままでの長い灰色《はいいろ》の時間から、解放されたのだった。地球から追い出された神とは、こんなものじゃあなかったのだろうか。

彼は目の前が、不意に輝《かが》きでみちたように思った。

弱点

「こんな物を、拾いましたが……」

と数人の漁夫《ぎょふ》たちが、白い大きな玉を、研究所に運びこんできた。まじめきわまる中年の博士は、それを見つめながら聞いた。

「どこで見つけたのだ」

「港にはいる少し手前の海に、ぷかぷか浮《う》いていたのです。近よってみると、白い玉ではありませんか。そこで網《あみ》を投げ、クレーンでひきあげて船に積み、持ってきたというわけです」

それを聞いて、博士は驚《おどろ》いた。

「ばか、どこかの国の、新型機雷《きらい》かもしれぬではないか。おまえたちのやることは、大《だい》胆《たん》というか、無茶《むちゃ》というか、お話にならぬ」

機雷と聞いて、かかえていた男はあわてて玉をほうり出そうとした。博士は飛びついてそれを押《おさ》え、床《ゆか》に落ちるのを防いだ。

「気をつけろ。落して爆発《ばくはつ》でもしたら、どうする」

彼《かれ》らは首をかしげ、それから思い出したように言った。

「しかし、いままでに二、三回は落しましたが、なんともありませんでしたぜ」

「いやはや、おまえたちのむこう見ずには、まったく、はらはらさせられる。しかし、落して爆発しないからといっても、機雷でないとは限らぬぞ。時限《じげん》機雷かもしれないではないか」

「どうも先生は、機雷がお好きのようですね。さかんに機雷にしたがっておいでですが、そんなに重いものではないんです。ほら」

男は、その直径五十センチぐらいの白い玉を、博士に渡《わた》した。

「なるほど、そう重くはないな。すると、金属製ではなさそうだ」

「いったい、なんですかね」

「それは、これから調べてみないとわからぬ。いままで、見たことも聞いたことも、また読んだこともない物だ。とすると、秘密《ひみつ》兵器ということになる」

「やはり機雷《きらい》でしょうか」

「いやいや、秘密兵器といっても、爆発《ばくはつ》する機雷とは限らぬ。これを割《わ》ると、白い煙《けむり》がもやもやと立ちのぼって……」

「たちまち白髪《しらが》のおじいさんになりますか」

「そんなのんきなことではあるまい。その毒ガスを吸《す》えば、まあ、死ぬことだけはまちがいないだろうな」

漁夫《ぎょふ》たちは、爆発にしろ毒ガスにしろ、早いところ引きあげたほうがよさそうだと思った。

「では、われわれは、帰ります。こっちは魚をとるのが商売だし、先生は奇妙《きみょう》なものを研究なさるのが商売だ。よろしく頼《たの》みます。あとで、正体がわかったら、教えて下さい」

彼《かれ》らが帰ったあと、博士は助手を使って、いっしょに問題の玉を調べはじめた。その白い玉は、厳重《げんじゅう》に密閉《みっぺい》された地下室の中央に、そっと置かれた。

「先生、どこから手をつけましょうか」

「そうだな。まあ爆発することはなさそうだが、本当に毒ガスでも出てくるとことだ。まず宇宙服《うちゅうふく》をつけよう」

二人は宇宙服に身をかため、拡大鏡《かくだいきょう》を近づけた。

「これは、ぜんぜん見たことのない物質だ。もう少し倍率を高めてみろ」

しかし、いくら倍率を高めても、いっこうに解決のいとぐちはつかめなかった。

「X線を当ててみましょうか」

「よし、注意してやってみろ」

それがなされたが、その物質はX線をとおさず、内部の透視《とうし》はできなかった。

「先生、こうなったら、砕《くだ》いてみる以外にありません」

助手はノミを当て、ハンマーを振《ふ》りあげた。

「待て、そんなことをしたら、なにが起るかわからぬ。ここで玉を割《わ》るのは危険《きけん》だ」

博士は役所に予算の支出を求め、広い土地の中央に、遠隔操作《えんかくそうさ》でなんでもできる装置《そうち》を作りあげた。出張してきた役人が聞いた。

「問題の白い玉の正体は、なんだね」

「どうにも、えたいのしれないものです。まず、このボタンを押《お》して、穴《あな》をあけてみることにします。そのありさまは、このモニター画面でごらん下さい」

広い土地の中央に穴が掘《ほ》られ、そこに建てられた硬質《こうしつ》ガラス製の小屋。作業はそこでなされ、その光景は安全な場所で見ることができる。

「三・二・一・ゼロ」

と博士はもっともらしく秒読みを終えて、ボタンを押した。みつめる画面のなかでは、ドリルが白い玉に迫《せま》っていった。だが、玉はビクともせず、穴はいっこうにあかなかった。

「おかしいぞ。よく機械を調べてみろ」

博士は助手に装置を点検させ、今度はドリルの力を倍にした。だが、いくら力を強くしても、玉はドリルを受けつけなかった。

「では、こんどは熱だ」

「はい」

助手は博士の指示に従《したが》って、白い玉にバーナーをむけ、強烈《きょうれつ》な炎《ほのお》を吹《ふ》きつけた。しかし、ガスの種類を変えてどんな高熱を与《あた》えても、白い玉は、なんの変化も示さなかった。

博士は役人に頭を下げた。

「これは驚《おどろ》いた。とても地球上のものとは思えません。まことに、申しわけありません」

「いやいや、あやまることはない。もっと予算を出してもいいから、徹底的《てっていてき》に調べてもらいたいものだ」

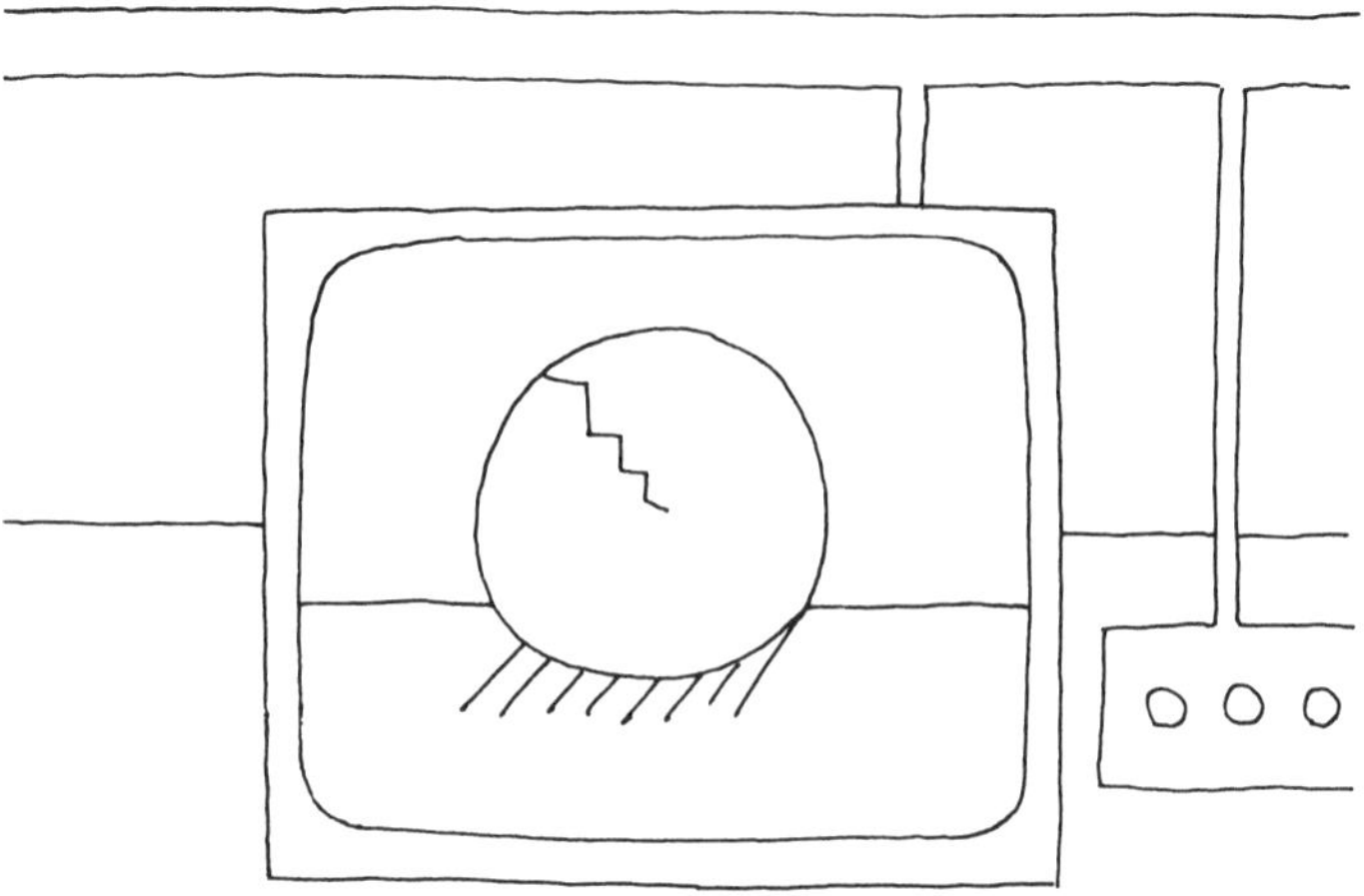

かえって、役人のほうが興味《きょうみ》をいだいたようだった。

「それは、ありがたいことです」

「しかし、予備費の支出の手続きには、少しひまがかかる。そのあいだはよく観察をつづけて、なにか変化が起ったら、すぐ報告してくれ」

そして、予算が出るまでのあいだ、博士と助手は交代で、画面を通じて白い玉の観察をつづけた。

二カ月ばかりたった、ある日。

「先生、見て下さい」

「どうした」

「白い玉に、ひびが入りました。あれだけやっても、割《わ》れなかったのに」

二人が見つめているうちに、そのひびは、玉の表面にひろがっていった。

「さては……」

二人は同時に叫《さけ》び、いままで、あまりにばかげた仮定だったので、口に出さないでいたことを言った。

「あれは、宇宙《うちゅう》生物の卵《たまご》だったのだな。どこからか飛んできた、ほかの星の生物の卵にちがいない。いったい、どんなのが、でてくるのだろう」

息をのむ二人の前の画面のなかで、徐々《じょじょ》にそれが姿《すがた》をあらわし、それにつれて、二人の顔はゆがみはじめた。

「なんという、かっこうだ」

それは醜悪《しゅうあく》きわまるものだった。しいていえばヘビに似ているが、これにくらべれば、ヘビははるかにかわいらしく、だきしめてもいいくらいだ。

灰色《はいいろ》と茶色とがまざったような色で、ところどころに、まっ黄色な点々があった。一方には大きな口がつき、土管がぶるぶる、ぐにゃぐにゃしながら動いているといった感じだった。やっと気をとりなおした博士は、電話で役所に連絡《れんらく》をとった。

「例の玉が割《わ》れました」

「そうか。予算はきょうあすにきまるところだったが。まあいい、さっそく見に行く。

楽しみだな」

「ブランデーを、お持ちになって下さい」

かけつけてきた役人も、見てきもをつぶした。そして、ブランデーを飲み、なんとか気力を出して言った。

「これはひどい。なんだ、あれは……」

「白い玉は、おそらく、どこかの星の生物の卵だったのでしょう。それが、かえったわけです」

「さいわい予算がきまった時で、よかった。すぐに、あれを殺してしまえ。あんなものがふえはじめたら、見て気が狂《くる》うやつもでるだろう」

「しかし、めったなことでは手に入らない宇宙生物ですから、もう少し研究してみてからでは……」

「いかん。学問も大切だが、これは人道上の問題だ。こんな物が人目にふれたら消化不良、高血圧、心臓麻痺《しんぞうまひ》、アル中、発狂《はっきょう》、自殺が激増《げきぞう》する。予算とは、国民の税金の上に成り立っているものだ。国民のために使わなければならぬ。さあ、早く殺せ」

と職務に忠実《ちゅうじつ》なる役人は、目をおおいながら叫《さけ》んだ。

「はい。おい、熱をあてろ」

博士は助手に命じ、卵《たまご》にあてた時と同じように、バーナーの炎《ほのお》を吹《ふ》きつけた。しかし、それはなんの効果もなかった。熱をあげてゆくにつれ、少しふくれたようだったが、死ぬけはいを見せなかったのだ。さらに加える熱を高めると、それは光りはじめた。

「だめです。死にません」

と助手が言い、博士はうなずいた。

「加えるエネルギーがある程度以上になると、光に変って、出ていってしまうのだな」

「なんだ、電球のような話じゃないか。では、べつの方法でやってみろ」

役人は、少しいらいらした。放射線《ほうしゃせん》を照射《しょうしゃ》しても、弱らなかった。真空にして絶対零《れい》度《ど》ちかくまで冷やしてみると、さすがに、少しちぢまり、動かなくなった。

「よし、死んだぞ」

ほっとして、常温常圧になおすと、ふたたび生気がよみがえり、みにくくどぎつい色《しき》彩《さい》の、動く土管にもどった。

「だめだな。しかし、生物であるからには、どこかに急所があるはずだ。なにか、方法は考えられぬか。予算のことは、心配するな」

「では、これから、いろいろ試みてみます」

「たのむぞ」

役人は、いちおう引きあげていった。つぎの日から、博士は助手を督励《とくれい》して、ぶるぶる動く土管を退治することに努力した。その醜悪《しゅうあく》さには、いくら時日がたってもなれることはできなかったが、博士はよくそれに耐《た》えつづけた。

切断しようとする試みも、むだに終った。トラクターで両端《りょうたん》をひっぱってみたが、限りなく伸《の》びるだけで、はなせばふたたび、もとにもどった。大きなハンマーでたたきつぶすと、その時は一瞬《いっしゅん》、薄《うす》くのびるが、ハンマーをあげると、たちまち前と同じだ。ゴムより完全な弾性体《だんせいたい》なのだ。あらゆる薬品も試みたし、ついに毒虫まで食わせてみた。

しかし、決して死なないのだった。

「まだ、だめか」

役人は毎日のように、電話をかけてきた。

「まだ死にません」

「では、予算を大幅《おおはば》にふやして、最後の手段《しゅだん》をとろう」

「どうするのです」

「無人宇宙船《うちゅうせん》に押《お》しこんで、はるかかなたへ捨《す》ててしまうのだ。流れついたどこかの星で迷惑《めいわく》するかもしれないが、このさい、そんなことにかまってはいられぬ。さっそく設計にとりかかるが、あれの大きさは、どうだ」

「成長はしましたが、とくに巨大《きょだい》になったわけではありません。しかし……」

と、博士は口ごもった。

「しかし、なんだ」

「卵《たまご》を十個生みました」

「なんだと」

「いずれ数カ月のうちに、かえるでしょう」

役人は頭のなかで、すばやく計算した。

「それはいかん。宇宙船の建造には一年はかかる。あいつがその勢いでふえはじめたら、宇宙船の建造は永久に間にあわない」

「どうやら、そういう計算になりそうです」

「そうなったら一大事だ。ぜがひでも、殺す方法を見つけてくれ」

「はあ……」

博士の答えは、たよりなかった。

役人からせめたてられ、醜悪《しゅうあく》で不死身《ふじみ》の動く土管と取りくむ博士は、半狂乱《はんきょうらん》になっていった。そして、三カ月して十個の卵がかえって、育ち、それぞれ十個の卵を生み、計百個の卵が並《なら》んだ夜、ついに博士は自殺をとげた。狂気《きょうき》のあげく、一匹《ぴき》の動く土管の口に飛び込《こ》んだのだった。

つぎの朝。役人から、いつものように電話がかかってきた。

「まだ死なないか」

「死にました」

助手は暗然と答えた。しかし、それを聞いた役人の声は、喜びにあふれた。

「そうか。ついに死んだか。それは大手柄《おおてがら》だった。博士にお礼を言いたいから、電話をかわってくれ」

「先生は死にました」

「なに、博士が死んだと。いったい、どっちが死んだのだ。よく説明してくれ」

助手は、力なく説明した。

「やっと、怪物《かいぶつ》の弱点がわかりました。あの怪物はどうしても死にませんが、生きた人間を食わせると、中毒をおこして死ぬのです」

不満

おれは、こんなことをやらされるのが、もう、いやでたまらなかった。第一、こんなくだらないことを、なぜやらなければならないのか、どうにものみこめなかった。

だが、おれはいくじなしだし、反抗《はんこう》してみてもどうにもならないことを、いままでの経験から知っていた。すべては、運命なのだ。運命には、逆《さか》らってみてもだめなのだ。

そして、ついにせまい場所のなかに乗せられてしまった。ドアの閉《と》じられる前、おれは、おれを送ってきたやつらの、冷酷《れいこく》な顔をにらみつけてやった。

「おれをこんな目にあわせて、いったい、なにが面白いんだ」

口には出さなかったが、このような意味をこめて、思いきり憎悪《ぞうお》の念をぶつけてやった。しかし、やつらはそんなことにおかまいなく、にこにこ笑いながら、静かにドアを外からしめやがった。もはや、どうにもならない。

かなわぬまでも、抵抗《ていこう》してみるべきだったかもしれないとの思いが、ちらと頭をかすめたが、もうおそい。どんなにたたこうが、このドアは、内側からは絶対にあけることができないのだ。こんなひどい話が、あっていいものだろうか。おそらく、ここから、二度と生きて出られないのだろうと思う。

突然《とつぜん》、下の方から轟音《ごうおん》がおこった。床《ゆか》に押《お》しつけられるのを感じた。ロケット噴射《ふんしゃ》で、上昇《じょうしょう》をはじめたにちがいない。その、ぶきみで不快な気持ちは、これからどうなるかわからぬという不安で、倍加された。なんでおれが、こんな目にあわなければならないのだろう。歯をくいしばりながら、その苦しみに耐《た》えようとした。

耐えつづけているうちに、まもなくその苦しみはなくなったが、つづいて、さらにいやな気分がおそってきた。こんどは、からだが浮《う》き上がるような気持ちなのだ。苦痛《くつう》なら、まだしも耐えることができる。しかし、この宙《ちゅう》に浮いたような、ばかにされたような感覚には、対抗《たいこう》しようがない。胸《むね》がむかむかし、吐《は》いた。おれは、酒に弱いのを知っているくせに、むりやり酒を飲まされて笑いものにされた昔のことを、思い出した。

おれは、思い切り大声でわめいてみた。やめてくれ、助けてくれ。だが、もはやおろしてはくれまい。やつらは、なにしろ冷酷《れいこく》なんだから。その叫《さけ》びは、せまさのなかで反《はん》響《きょう》するだけだ。まもなく、叫ぶのをやめた。どうにもならない。勝手にしやがれだ。

しかし、しばらくすると、おれはふたたび叫び声をあげた。もっと恐《おそ》るべき状態が発生しはじめていることを、察したのだ。寒さがじわじわと、内部にしみ込《こ》んできた。内部の温度を一定に保つしかけが、こわれたのだろう。

ちきしょうめ。もう終りじゃないか。手を一生懸命《けんめい》にこすり合わせてみたが、寒さはそんなことにおかまいなく、あたりにみちてきた。

頭が、少しぼやけてきたようだ。寒さも、あまり感じなくなった。まもなく、死が訪《おとず》れてくるのだろう。これで、おれの人生は終りなのだ。なんのために生まれてきたのか、まるでわからぬ。

おれは、おれをこんな死に方に追いやったやつらに、仕返しがしたかった。いままでの自分の、従順《じゅうじゅん》すぎた生活が残念だった。だが、もはや、どうにもならないことだ。もし、生きて帰れたら、やつらをただではおかないのだが。薄《うす》れゆく意識のなかでそう思った。

おれは、ふと気がついた。そして、あたりを見まわし、死後の世界にいるのではないか、と思った。

見なれぬ部屋だ。壁《かべ》は金色に輝《かがや》いている。まわりで、おれをのぞきこんでいる連中は、ぴっちりした赤い服を身につけている。こんな光景は見たことがなかった。だから、死後の世界に来たのではないかと思ったのだ。おれは上半身を起こし、あたりの珍《めずら》しさを見まわしながら、思わずつぶやいた。

「死後の世界も、案外いいじゃないか。こんなことなら、早く死ねばよかった。あんなばかげた目にあうことなく、さっさと死んでしまえば、よかったんだ」

すると、赤い服の連中の一人が答えてくれた。

「ここは、死後の世界ではありません。あなたは、死んだのではないのですよ」

驚《おどろ》くべきことではないか。死後の世界かどうかは別として、こう簡単《かんたん》に言葉が通じるとは思わなかったのだ。

「言葉が通じるのだな」

「べつに、ふしぎなことではありません。われわれの文明は、あなた方より、ずっと進んでいるからです。あなたの頭についている装置《そうち》が、あなたの考えをわれわれに伝え、また、われわれの考えをあなたに伝えているからです」

そういわれて、おれは頭の上になにかがのせられているのに気がつき、そこへ手をあててみた。手の先には、金属的なものがさわった。

「なるほど。これは便利なものだ。こんなすばらしい物は、いままで見たことがない。すると、ここは地球の上ではないのだな。そして、死後の世界でもないとすると、ここはいったい、どこなのだ」

赤い服の連中は、みな上品だった。おれのぞんざいな言葉に、ちゃんと答えてくれた。

「われわれは、宇宙《うちゅう》空間を流れている原始的な宇宙船を見つけたのです。なかを調べてみて、冷凍《れいとう》状態になったあなたを見つけました。そこで、このわれわれの星に運んできて、手当てをしたのです。あなたを生きかえらせることができ、われわれも喜んでいます」

「そうだったのか……」

「どうぞ、ごゆっくりしていってください。あなたを助けることができたのも、なにかの因縁《いんねん》でしょう。なにかお望みごとがあったら、おっしゃってください。われわれは、文明が進んでいます。お役に立つこともありましょう」

おれは連中の紳士的《しんしてき》な態度が、うれしかった。それにひきかえ、地球のやつらは……。

考え込《こ》んでいるおれを、やさしく眺《なが》めながら、連中はこう聞いてきた。

「あなたは、あんな物体を作りあげ、一人で宇宙に乗り出してきた。その勇気に対し、われわれは尊敬《そんけい》の念をいだきました」

どうも少し、くすぐったかった。

「いや、べつに、勇気があったからというわけではない。いくじなしだったから、こんなことになったわけさ」

相手はわけがわからんといったようすで、こんどは、こう言った。

「ところで、なんのために宇宙《うちゅう》においでになったのです。お手伝いできることが、ありましょうか」

おれは、さっきからしだいに頭のなかで形をとってきた考えを、言った。

「おれは、よくは知らん。だが、宇宙にこんなすばらしい星があるとは、知らなかった。やつらの真の目的は、いずれこんな星を占領《せんりょう》しようというつもりなのだろう」

相手は、いやな表情を示したようだ。

「それは困《こま》ります。しかし、われわれは、ごらんのように高度の文明を持っています。あなた方の文明では、占領できっこありません。おやめになったほうが、いいでしょう。われわれは、あなたを歓迎《かんげい》し、ほうぼうへご案内いたしましょう。そして、その地球という星へお送りいたします。あなたは、その経験を話し、占領しようなどということが無謀《むぼう》であることを伝えて、その計画を思いとどめるように努力してください」

連中は、まったく紳士的《しんしてき》だった。だが、おれは首を振《ふ》った。

「いやだ。二度と、あんな星に帰りたくないのだ」

地球でのいやな思い出が、いっぺんに頭に浮《う》かんできた。相手がうなずくのを見て、おれは勢いこんで、ここぞとばかり、しゃべりはじめた。

「自分の星のことを悪く言うと、変に思われるかもしれないが、おれはあんなばかげた星はないと思う。第一、いやがるおれを、こんなひどい目にあわせたことでも、わかるだろう。好きでもきらいでも、いやおうなしなんだから。あんな星をほっておくと、いまになにをしでかすかわからんですよ。いまのうちに、なにか手を打っておいたほうが、みなさんのためにもなりますよ」

と、おれは延々《えんえん》とつづけた。地球ではこれだけ自由に発言できたことは、なかった。

「そんなことは、できません」

と、はじめのうちは上品に手を振《ふ》っていた連中も、しだいに話にのってきた。おれの心からの叫《さけ》びが、通じたに違《ちが》いない。

「では、地球という星を粉々にしてもかまわない、とおっしゃるのですか」

「かまわんどころか、それこそ、星々のため、宇宙《うちゅう》の平和のためだろう」

おれは心からそう思ったから、こう言っても少しも後悔《こうかい》しなかった。

「そんなにおっしゃるのなら、用意しましょう。あなたの乗り物を発見した位置と、その時の速度が記録してありますから、地球という星の位置は計算できます。それにむけ、防御《ぼうぎょ》不能の装置《そうち》をつけた強力ミサイルを発射《はっしゃ》しましょう。しかし、われわれは準備をするだけです。発射のボタンは、あなたがお押《お》しください」

おれはためらうことなく、案内された部屋の壁《かべ》にあるボタンを押した。これでまもなく地球は粉みじんになるそうだ。ざまあみろ。いままでおれをサルだからといって、好き勝手に虐待《ぎゃくたい》しやがった人間たちめ。

宇宙《うちゅう》からの客

その飛行物体は、青空の雲のあいだに、どこからともなく現れた。

「おい、あんなものがやってきたぞ」

「なにしにきたのだろう」

人びとは不安と好奇心《こうきしん》の入りまじった視線《しせん》を、空にむけた。そのなかを、円盤状《えんばんじょう》のものはふらふらと不安定にゆれながら、下降《かこう》してきた。

「なんだかようすがおかしいぞ。どこか故障《こしょう》しているのでは……」

しかし、地面に激突《げきとつ》することなく、なんとか都会の郊外《こうがい》に着陸した。たちまち軍隊が出動し、近くの住民を避難《ひなん》させ、非常線をしいた。人びとは遠まきにしてようすをみていたが、なんの変化もなかった。

「ちっとも、攻撃《こうげき》してこないようだな」

「宇宙《うちゅう》からやってきたからといって、侵略《しんりゃく》しにきたとは限るまい」

望遠鏡をのぞいていた観察係は、こう報告した。

「なかに、乗っている者が見えます。窓《まど》のなかで、手を振《ふ》っているようです」

「よし、近よって調べよう」

厳重《げんじゅう》な攻撃態勢のなかを、数人がおそるおそる円盤《えんばん》にむかった。そして、窓からのぞきこんだ。

「いや、内部はじつに豪華《ごうか》なものだな。じゅうたんとベッド。それに、あれは自動調理機らしい」

宇宙人はその装置《そうち》から飲み物のようなものをコップにつぎ、柔《やわ》らかそうな椅子《いす》にかけてゆっくりと飲みながら、窓の外にむかって、にこにこ笑って手を振った。

「どうも、敵意を抱《いだ》いていそうにないな」

こちらでも、笑いながら手を振った。すると宇宙人は立ち上り、妙《みょう》な身ぶりをはじめた。

「なにかを、たのんでいるようだ」

「あのようすから察するに、ドアをあけてくれといっているようだ」

こちらで、そうたずねる身ぶりをすると、宇宙人はうなずいた。

「やはりそうだ。きっと宇宙旅行中に隕石《いんせき》にでもぶつかり、開閉《かいへい》装置がこわれたのだろう」

もたらされたこの報告が検討《けんとう》され、ドアをあける試みがはじめられた。かなり丈夫《じょうぶ》な合金製のため、簡単《かんたん》にはいかなかったが、最新の科学技術の動員により、ついにドアは焼き切られた。

なかから緑色の服をスマートに着た宇宙人が、ゆうゆうと歩み出てきた。なにか二、三の言葉を口にしたが、もちろん、その意味を知ることはできなかった。しかし、その身ぶりから、大いに感謝しているらしいと察することはできた。

「喜んでいるらしくて、よかった。しかし、これから、どうしたものだろう」

「なにしろ、遠い星からやってきた人だ。なにしにきたのかはわからないが、大いに歓《かん》迎《げい》しよう。歓迎しておけば、まちがいはない」

ただちに歓迎委員会が作られ、両側で群衆《ぐんしゅう》のわきかえっている道路を通り、都心にむけて大パレードが行なわれた。歓声《かんせい》と音楽と紙吹雪《かみふぶき》のなかを走る自動車の上で、宇宙人《うちゅうじん》は笑い顔で手を振《ふ》りつづけた。最高のホテルに到着《とうちゃく》するや、待ちかまえていた歓迎委員長が、あいさつの言葉をのべた。

「広い宇宙を越《こ》えて、このむさくるしい地球に、よくぞおいで下さいました。この地球は、あなたがたの星ほど文明が進んではおりませんが、この歓迎の気持ちだけは、おくみとり下さい」

宇宙人はそれに応じて、うれしげになにか言った。依然《いぜん》として意味はわからなかったが、言語学者たちはその声を録音し、分析《ぶんせき》にとりかかった。

しかし、どうやら、その努力も不要になってきた。地球の文化を示す美術館、地球の

生物を集めた動物園などを案内されているうちに、宇宙人《うちゅうじん》は「すばらしい」とか「おもしろい」とかの言葉を、はさむようになったのだ。

「さすがは宇宙人だ。われわれの言葉を、もう使いはじめた。この調子だと、まもなく自由に意志の疎通《そつう》ができるようになるだろう。そうなると、われわれは、いままで以上の高度の知識をえることができるわけだ」

「そうだ。たとえば、あの乗ってきた物体だって、あの動力の原理を教えてもらっただけでも、地球の科学がどれだけ向上するかわからない」

「大いに歓迎《かんげい》をつづけよう。きげんを損じて引きあげられたら、大変な損失だ」

みなの期待のうちに、さらに歓迎が大がかりになされた。最高級の料理、最高級の酒、そのほか、すべて最高級のものが総動員されたが、それでも歓迎委員たちにとっては気がかりだった。

「どうも、わたくしどもは文明のおくれた星なので、こんなおもてなししかできませんが、お許しいただけますでしょうか」

先天的に言語能力にすぐれているのか、しだいに言葉がうまくなった宇宙人は、おうようにうなずいて、こう答えた。

「まあ、いいでしょう」

そのうち、宇宙人はさらに言葉をおぼえたようなので、各方面の関係者が集められ、インタビューがおこなわれた。そのありさまはテレビを通じて、全世界に中継《ちゅうけい》された。

「地球へおいでになってのご感想は、いかがでございましょう」

「すばらしい星です。それに、みなさんの心のこもった歓迎は、じつにうれしく思います。わたしが帰ってこのことを伝えれば、われわれの星の住民も、どんなに喜ぶことでしょう。わたしも宇宙の旅をつづけて、やってきたかいがありました」

「ところで、なんの目的で、地球へおいでになったのです」

「貿易です。星と星との文化の交流は大切ですが、品物の交流も、大いに促進《そくしん》しなければなりません。そこで、わたしが選ばれて、出発してきたわけです」

この答えでみなは歓声《かんせい》をあげた。だが、歓迎委員のひとりは、恐縮《きょうしゅく》して言った。

「それはありがたいことです。しかし、みなさまのお気に召《め》す産物が、この地球にあるでしょうか」

「そう卑下《ひげ》することはありません。地球のみなさんは、すぐれた技術をお持ちです。われわれの惑星系《わくせいけい》には、千五百億の住民がいますから、いくらでも買いますよ。かわりとして地球に少ない物質、白金とか、ダイヤとか、ゲルマニウムでお払《はら》いいたしましょう。それとも、放射能《ほうしゃのう》物質でもかまいません。貿易ばかりでなく、地球はこんな美しい自然をお持ちです。これを活用なさらなければ、いけません。わたしが帰って報告すれば、年に十億人ぐらいの観光客が訪《おとず》れるようになるでしょう」

人びとの歓声《かんせい》は、絶頂《ぜっちょう》に達した。

「これは、すごいことになった。もう地球上で、二大陣営にわかれて争っている時代ではない。さあ、急ごう」

世界の対立は一変した。生産業者と観光業者の対立になったのだ。おたがいに土地をうばいあい、工場とホテルの拡張《かくちょう》のため、建築業者をうばいあった。気の早い洋服メーカーなどは、宇宙人《うちゅうじん》のからだに合わせて、日産十万着の服の生産を開始した。

このさわぎのなかで、歓迎《かんげい》委員は言語学者の訪問《ほうもん》をうけた。

「ちょっとお知らせしたいことが……」

「なんだ、この忙《いそが》しい時に」

「いや、気になることがありますから、来てみて下さい」

と言語学者は委員をひっぱって、宇宙人の乗ってきた円盤状《えんばんじょう》の物体のなかに運れこんだ。

「変ではありませんか。どこにも動力らしいものが見あたりません」

「勝手になかを調べたりして、失礼じゃないか。それに、地球の科学ではわからない機関かもしれない」

「そうかもしれませんが、この文字を解読《かいどく》してみると、どうも気になることなので……」

言語学者は、やき切ったドアの上の記号を指さしてこう説明した。

「……これはどこかの星から流れてきた、病人用の個室衛星ですよ。ほら、ここに病名が書いてあります。誇大妄想《こだいもうそう》の患者《かんじゃ》」

霧《きり》の星で

「あら、もう朝なのね」

うすあかりのなか。しっとりとぬれた草の上に横たわったままで、若《わか》い女は若いしなやかなからだをくねらせ、のびをしながら目を開いた。

「あ、もう起きたのかい。それじゃあ、水でもくんでこようか」

彼女《かのじょ》のかたわらに腰《こし》を下し、じっとその寝顔《ねがお》をみつめつづけていた男は、あわてて目をそらし、どもりながら口をきいた。

濃《こ》い霧《きり》が、木々のあざやかなうす緑を映《うつ》しながら、流れ寄り流れ去っていた。そしてほんの時たま霧がわずかに薄《うす》れる時、少しはなれたところに倒《たお》れている宇宙船《うちゅうせん》の銀色をした残骸《ざんがい》が、にじんだようにあらわれる。しかし、それもたちまち押《お》しよせてくる霧《きり》のために、揺《ゆ》れながらかすんでしまうのだ。

「夜中に、ロケット噴射《ふんしゃ》の音を聞いたような気がしたけど、あれは夢だったのかしら」

彼女《かのじょ》は目をこすりながら、男を無視《むし》するようにつぶやいた。男は少しでも多く彼女と会話をしようとして、こう答えた。

「さあ、ぼくは聞かなかったな。きっと、遠い火山か海なりを、聞きちがえたんだろう」

「あたし、また地球の夢を見たのよ。なんとか助けられて帰った夢を。ああ、早く帰りたいわ」

彼女は、遠くを見る目つきのまま言った。

「きっと助けにくるよ。事故から着陸まで、あれだけ救助信号を打ちつづけたのだし、それに、不時着できるのは、この星ぐらいしかない。ね、そうだろう」

宇宙《うちゅう》航路の定期船が途中《とちゅう》で事故をおこし、この霧に包まれた惑星《わくせい》に不時着したのだ。

だが、空港でない地点への着陸なので、船体は大破《たいは》し、生き残ったのは多くの乗客のうち、この二人だけだった。

彼女は若《わか》く美しいスチュワーデス。これに反して、男のほうは、あまりぱっとしなかった。四十ちかくまで独身でいて、いままでなにをやっても芽が出なかった。そこで、人生の後半を、遠い星にある植民地でひともうけすることに賭《か》け、出かけて行く途中での事故だったのだ。

「けさは、赤い実でも食べようかしら」

と、彼女は寝《ね》そべったまま言った。

「そうかい。三つぐらいでいいかな」

男は立ち上がり、霧のなかでつやのある赤い色を浮《う》き上がらせている木の実をもいだ。

不時着してから、お客とその世話をするスチュワーデスという立場は、まったく逆になっていたが、二人はそれを当然とし、どちらも疑問《ぎもん》を抱《いだ》くことさえなかった。

「あたしの見た地球の夢はね、大きなホールでのパーティーの夢よ。まわりの壁《かべ》が虹《にじ》のようなアブストラクト模様《もよう》で変化し、すばらしい電子音楽が、天井《てんじょう》から降《ふ》りそそいでいるの」

赤い実を食べ終えた彼女《かのじょ》は、こう言いながら草の葉を一枚《まい》ちぎって軽くかんだ。ハッカのようなかおりが、口のなかにみちた。

「そう地球のことばかり考えても、きりがないよ。ここだって、まんざら住みにくいこともないじゃないか。寒くはないし、緑色が、流れる霧《きり》で生きているように変化するし、美しい音だってないこともないよ」

と彼《かれ》は弱々しく答え、近くを流れる小川のせせらぎと、姿《すがた》は見えないが木のこずえでさえずっている多くの小鳥の声に、耳を傾《かたむ》けるしぐさを示した。

「だけど、ここにはいないじゃないの。あたしをとりまく、スマートな男たちが……」

彼もこれには答えようがなく、口をつぐんだ。

「……本当に帰ることができるのかしら。青空のないこの星では、助けにきても合図のしようがないじゃないの」

この星では霧《きり》がくまなく地表をおおい、決して晴れることがないのだった。

「ああ、こんなところで年をとってゆくなんて、たまらないわ」

彼女《かのじょ》のこの言葉は、不時着以来、何百回目かのものだった。

「そんなことを言っても、仕方がないだろう。暮《くら》してゆくための仕事は、みんなぼくがやってあげるから。落ちついて待つ以外にないんだよ」

「だけど……」

と彼女は不満そうに横をむいた。彼《かれ》はそれを見て、いつも言おうとしている「もうそろそろ、ぼくのことを好きになってくれてもいいだろう」という言葉を、またも、のみこんでしまった。はっきり拒絶《きょぜつ》されることへのおそれもあったが、なにも、いま急いで言わなければならないわけでもなかったのだ。

「きょうは久しぶりに、魚でもとってきてあげようか」

彼は話題を変え、ちぎれたコードを編《あ》んで作ったカゴを手にした。

「そうね。食べてもいいわね……」

だが、彼女もちょっと悪いと思ったのか、言葉をたした。

「……危《あぶな》いことがあるといけないから、熱線銃《ねっせんじゅう》を持っていったら」

「ああ」

彼はこれまでの経験から、この星には危害《きがい》を加えるような猛獣《もうじゅう》のいないことを知っていたし、重い熱線銃を持って行くのも大変だった。しかし、彼女が珍《めずら》しくかけてくれたやさしい言葉には、従《したが》わないわけにはゆかなかった。

「たくさんとってくるから、出あるかないで待っていなさい」

彼はうれしそうに言い、霧のなかに歩み入った。まず、川に行き、それにそって上流に進んだ。道を誤《あやま》ったら最後、絶対に帰れなくなるこの霧の星では、川にそって上るか、下るかの、二つしか方法がないのだ。彼が歩くにつれ、ピンク色の大きな花が、霧のなかから浮《う》き上がり、うしろに消えていった。

「そうだ、帰りにあの花を掘《ほ》って帰ろう。そして、われわれのそばに植えよう」

彼はこうつぶやいたが、われわれという言葉に少しこだわった。自分はわれわれと思ってみても、彼女《かのじょ》のほうでは、われわれという考え方をしているのだろうか。彼《かれ》は手に感じる熱線銃《ねっせんじゅう》の重みに、その可能性をかすかに期待しながら、川岸をさかのぼりつづけた。いつのまにか川は曲り、川幅《かわはば》も少しせまくなった。

「このへんでとれるだろう」

彼はカゴをおいた。釣《つ》られることを知らないこの星の魚たちは、彼の手によって、つぎつぎとカゴのなかに入れられた。彼はしばらくそれに熱中し、そのうち疲《つか》れ、横になった。

足音。彼は飛びおきて、耳をすませた。たしかに、なにかの足音がした。聞いたことのある響《ひび》きだった。

「おーい」

その叫《さけ》びは、たちまち何倍かの声となって戻《もど》ってきた。こだまではない。人間だ。

「どこだ」

「生きている者がいるのか」

その声にむかって、彼は叫《さけ》んだ。

「こっちだ。川のそばだ」

足音は近より、三人の人影《ひとかげ》が、霧《きり》のなかからしだいに形をはっきりさせて、あらわれてきた。いずれも、若々《わかわか》しい救助隊員たちだった。

「よく生き残っていたな。われわれは、八時間ほど前に着陸した。この霧の星でどうやってさがそうかと、拡声器《かくせいき》の故障《こしょう》で心配していたが、こううまく行くとは思わなかった」

「それでは、夜の音は、やはりロケットの音だったのか」

「救助用の小型船だから、それほど大きな音もしなかったろうがね。ところで、生き残っている者は、きみのほかに何人いる」

「あと一人だ」

「それなら、いっぺんですむ。さっそく案内してくれ」

「救助ロケットは、何人乗りなんです」

「五人だ。われわれ三人のほかに、空席が二つ。きみたち二人乗せれば、それで万事《ばんじ》おわりだ。まったく、すべてに運がいいぜ」

「運がいいか」

と彼《かれ》はつぶやいていたが、とつぜん手にさげていた熱線銃《ねっせんじゅう》をかまえ、ボタンを押《お》した。

三人の救助隊員は焼けこげ、濃《こ》い霧《きり》のなかに蒸発《じょうはっ》していった。

彼は川岸にもどり、魚のカゴを手に、川下にむかった。途中《とちゅう》でピンクの花をつけた草を掘《ほ》り、持ちにくそうに運んだ。

「ほら、花もとってきたよ。晩《ばん》には、魚がこんなに食べられるよ」

「そう……」

彼女《かのじょ》は横になったままものうげに言った。

「……だけど、地球の味のする食物を食べられるのは、いつかしらね」

「そのうち、きっと助けがくるよ。そうそう、言われた通りに熱線銃を持っていってよかったよ。へんな動物がでてきてね」

「そんなものがいるの。こわいわ」

彼女は身を起こし、はじめて彼をたよりにする目つきをした。彼はこみあげてくる満足感に顔をほころばせ、やさしく、だが、力づよく答えた。

「こわがることはない。ぼくがついている。あれが近よってきたら、また、これで殺してやるさ」

小さな十字架《じゅうじか》

むかし、といっても昭和のはじめごろ。そのころの日本は、このごろのようにだれもかれもがそわそわしているといった風ではなく、のんびりと暮《くら》していた人が多かったのです。そして、お金持ちの息子《むすこ》などのなかには、勉強のためと称《しょう》してヨーロッパに行って、じつは勉強などちっともしない。美術館をまわったり、音楽会へ行ったり、アルプスへ登ったりなどはいいほう、お酒を飲んで女の人と遊んでばかりいる人が、何人もおりました。

このお話の男の人も、そんなひとり。日本の家から送ってくるお金は、全部むだなことに使ってしまっていました。

そして、クリスマス近いその日にも、日本からお金を送ってきたので、それを手にすると、すぐ友だちをさそって夜の町にでかけました。きらきらする夜の灯《ひ》、華《はな》やかな飾《かざ》りつけ、街角にただよう楽しげな音楽。寒くはあっても、あたりにあふれるうきうきした気分は、彼《かれ》らを夜おそくまでつかまえて下宿に帰しません。何軒《なんけん》ものバーやキャバレーをつぎつぎとまわり、彼が気がついた時は、つぎの日の朝、自分の下宿のベッドの上でした。

「いつのまに帰ったんだろう。ああ、きのうは、ずいぶんよく飲んだものだ」

彼は自分が服を着かえずに寝《ね》てしまったことに気がついたが、いまさら、着かえる気にもならず、そのまま横になって、しばらくぼんやりしていました。

そのうちタバコが吸《す》いたくなり、ポケットをさぐってつぶれた箱から一本ひきだし、口にくわえました。つぎはマッチ。彼はマッチを出そうと、ねがえりを打ちながら、ほうのポケットに手を入れてみました。その時、彼の指先になにかさわったのです。

「おや、変なものがあるぞ」

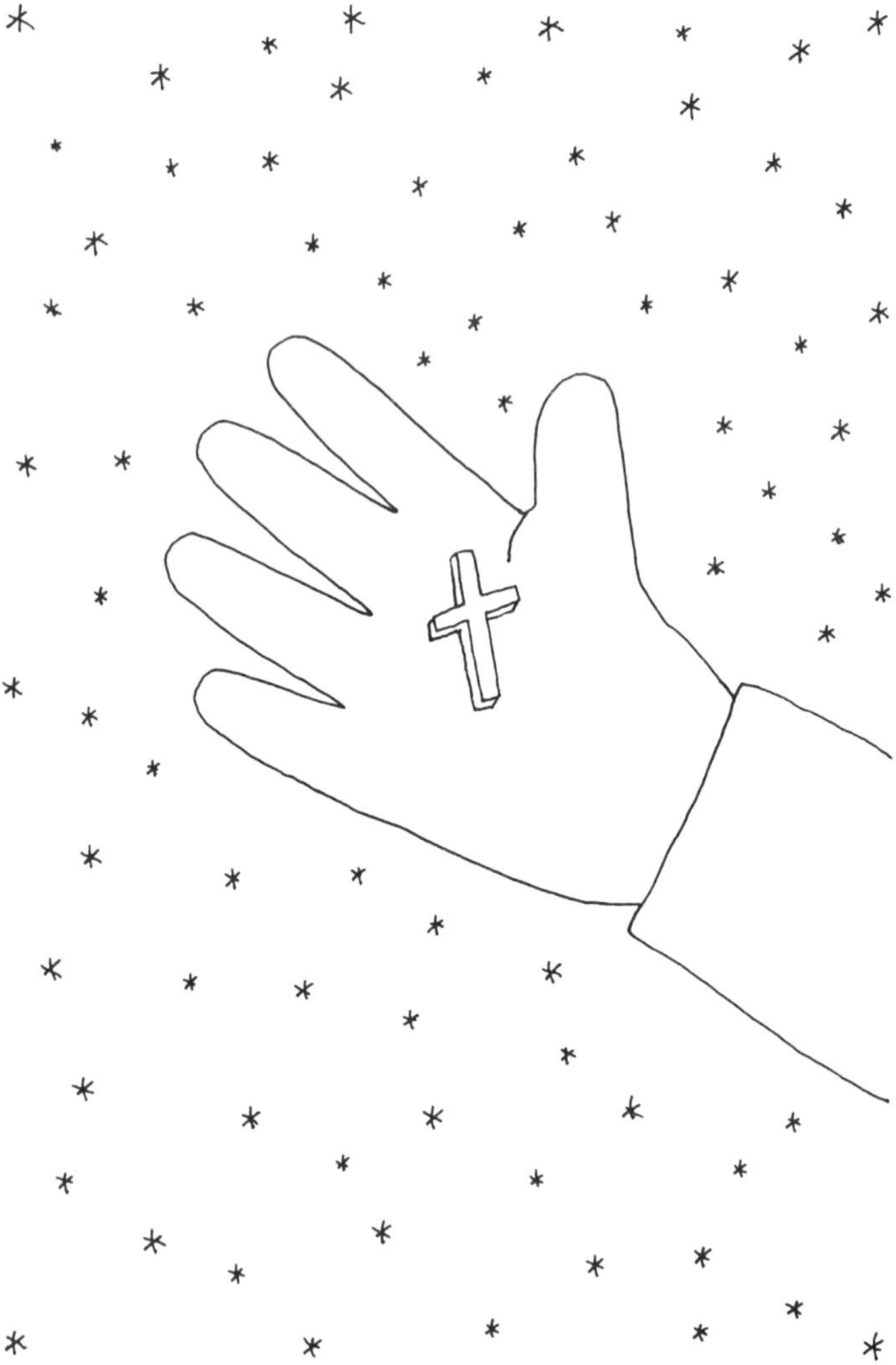

と、つぶやきながらひっぱり出してみると、それは小さな銀の十字架《じゅうじか》。彼《かれ》はそれを手のひらにのせて、見つめました。カーテンのあいだからさしこむ朝の光がそれに当っていましたが、銀でできているといっても古くなっているので、きらきらとは光らず、落ちついたにぶい色をしていました。彼は目を細めて、

「なんで、こんなものが」

と考えているうちに、少しずつ、昨夜の酔《よ》ったあいだのできごとを、思い出してきました。ああ、たしか五軒目《けんめ》に寄ったバーを出たあとのことだったな。

「おい、ちょっと、ひやかして行こう」

と友だちにさそわれてはいった骨董屋《こっとうや》で買ったものだったことを、思い出したのです。なんでも、その店のとしとった主人が、

「これは昔、けいけんな婦人が身につけていたもので……」

と、くどくどといわれを述べたて、割《わり》と高い値段《ねだん》を言ったようでしたが、

「いいよ、買おう」

と酔《よ》っていたので値切《ねぎ》りもせずに買い、ポケットにつっこんで、またつぎのバーに……。

「つまらないものを買ってしまったな。しかし、まあいいや。日本に持って帰れば、だれか欲《ほ》しがる人もあるだろう」

と彼《かれ》はそれを荷物のなかに、ほうりこみました。

そして、何年かのちに彼が国に帰る時、この十字架《じゅうじか》も荷物といっしょに、日本に渡《わた》ってきたのです。

しかし、それからの日本は、だれでも知っているように大陸での戦争、太平洋での大戦と、あまりいいこともありません。のんびりと育った彼も、両親がなくなったり、少しのあいだですが軍隊にとられたりして、けっこう苦しい生活をつづけました。

そして、終戦。だれもかれも、ぼんやりと気抜《きぬ》けしたような時期です。彼が焼跡《やけあと》の小さな家で、これからなにをやったものだろう、と考えていた時、疎開《そかい》してあったいくつかの荷物が、田舎《いなか》から送られてきた。

「やれやれ、これだけでも、焼けないですんで助かった」

こう言いながら、荷造りをといて行きました。その荷物のなかにはむかし、ヨーロッパに行った時に買った品物がまざっている。それらを眺《なが》めているうちに、若《わか》い時の楽しかったことも思い出されてきましたが、なにしろ、終戦まもないころ。これを売ればお米がどれくらい手にはいるだろう、などとも考えました。

すると、品物のあいだから、あの銀の十字架がでてきました。

「ああ、あのころは景気よく飲めたものだ」

彼は、思い切り酒も飲みたくなりました。だが、思い切り飲むには、よほどお金をもうけなくてはなりません。

「なにか、手っとり早く、もうける方法はないものかな」

と、ぶつぶつ言っているうちに、すばらしいことを考えついた。この十字架と同じものを、作るのです。

「女の子なんかに、案外よく売れるんじゃないだろうか」

彼はさっそく、小さな工場をやっている友人を訪《たず》ね、

「これと同じものを、たくさん作ってくれ」

と注文しました。そして、その工場では、こわれた飛行機の部品かなんかを使ったのでしょうか、金属がとかされ、型に流しこまれ、ピカピカした十字架《じゅうじか》が、つぎつぎと作られはじめました。

細いクサリをつけたその十字架は、意外によく売れた。すっかり喜んだ彼《かれ》は、その工場主が頭をかきながら、

「じつは、型を作るためにおあずかりした十字架ですが、どこか製品のなかにまぎれこんでしまったらしく、どうさがしても見当りません。大切なものをなくしてしまって、申し訳《わけ》ありません」

と、あやまった時も、

「いいよ、あんなもの」

と、上きげんでした。

そして、クリスマス近い盛《さか》り場にでかけてゆきました。望み通り、大いに飲めたでし

ょう。そして、クリスマスの歌も口ずさんだでしょう。これというのも、十字架のおかげなのですから。

そのころは、クリスマス近い街といっても、とても今のように、品物があふれていなかった。人びとは、くたびれたようなかっこうでした。そのなかにまざって、とくに貧《まず》しい身なりの女の子が歩いていました。

お父さんは戦争に行って行方《ゆくえ》不明、お母さんは栄養がたりないせいか、病気がちで、その女の子が電器工場へつとめて、働いているのです。

としのくれなので、ボーナスがいくらか出ました。なにか買いたいわ。欲《ほ》しいものはいくらもあります。オーバーも、靴《くつ》も。しかし、家の生活のことを考えると、そんなことにお金は使えません。

だけど、クリスマスですもの、安いものでいいからなにか買いたいわ、とショーウインドウをのぞき込《こ》みながら歩いているうちに、ある店で銀色の十字架のかざりを見つけ

たのです。そして、身なりを気にしながら店にはいり、

「あれを下さい」

と、おずおずと言いました。店員の女の人は、

「はい」

と、言いながら、うしろからそれが幾《いく》つもはいっている箱を出しました。だが、そのなかには、目立ってよごれたのが一つまざっていました。なんで一つだけ、とふしぎがりましたが、目の前の買いにきた女の子がみすぼらしかったせいか、つい、それを包んで渡《わた》してしまったのです。

女の子はもちろん、店員がそんなことをしたとは知りません。うちへ帰るとむちゅうで包みをあけ、そっと胸《むね》にかけました。そして、それを手で押《おさ》えながら、心のなかで、

「お父さんが早く帰ってきて、お母さんが元気になるように」

と祈《いの》りました。

その祈りはかなえられたでしょう。なぜならキリストは、東のはて日本でも、やはり

貧《まず》しく悩《なや》める者の救い主なのですから。

作者　星 新一（ほし・しんいち）
一九二六年、東京に生まれる。東京大学農学部卒業。五七年に日本最初のSF同人誌「宇宙塵」に参画。ショートショートと呼ばれる短編の新分野を確立し、千以上の作品を発表する。六八年に、『妄想銀行』で第21回日本推理作家協会賞を受賞。九七年没。主な著書に、『ボッコちゃん』『宇宙の声』『ようこそ地球さん』『ブランコのむこうで』などがある。

画家　和田 誠（わだ・まこと）
一九三六年、大阪に生まれる。多摩美術大学卒業。グラフィック・デザイナー、イラストレーターとして、装丁、挿絵、絵本などを手がけるほか、映画監督、作詩・作曲家、エッセイストなど、ジャンルをこえた多彩な活動を続ける。一九七四年に講談社出版文化賞、一九九七年に毎日デザイン賞受賞。

ここに収めた作品は『ボッコちゃん』『ようこそ地球さん』（新潮社）を底本といたしました。

星新一
YAセレクション
殺し屋ですのよ

二〇〇八年十月初版
二〇二二年十月第八刷

作者　星 新一
画家　和田 誠
発行者　内田克幸
発行所　株式会社理論社
東京都千代田区神田駿河台二―五
営業　電話〇三（六二六四）八八九〇
FAX〇三（六二六四）八八九二
編集　電話〇三（六二六四）八八九一
編者　大石好文
制作　DAI工房／P&P
NDC913　B6判　19cm　214p　ISBN978-4-652-02382-2

URL https://www.rironsha.com

星新一 ショートショートセレクション

和田誠 絵

1 ねらわれた星
2 宇宙のネロ
3 ねむりウサギ
4 奇妙な旅行
5 番号をどうぞ
6 頭の大きなロボット
7 未来人の家
8 夜の山道で
9 さもないと
10 重要な任務
11 ピーターパンの島
12 盗賊会社
13 クリスマスイブの出来事
14 ボタン星からの贈り物
15 宇宙の男たち

星新一 ちょっと長めのショートショート

和田誠 絵

1 宇宙のあいさつ
2 恋がいっぱい
3 悪魔のささやき
4 とんとん拍子
5 おのぞみの結末
6 ねずみ小僧六世
7 そして、だれも…
8 長生き競争
9 親友のたのみ
10 七人の犯罪者

星新一 YAセレクション

和田誠 絵

1 死体ばんざい
2 殺し屋ですのよ
3 ゆきとどいた生活
4 夜の侵入者
5 あいつが来る
6 あるスパイの物語
7 妄想銀行
8 不吉な地点
9 きつね小僧
10 うらめしや